求愛

瀬戸内寂聴

集英社文庫

求愛　目次

求愛

サンパ・ギータ

ホテルの指定された部屋には鍵《かぎ》がかかっていなかった。

事務所で教えられたように、軽くノックしてドアを押してみるとすっと開いた。

ツインの窓際の方のベッドに背をもたせかけて、男は床にあぐらをかいて坐《すわ》りこんでいた。

「そこの冷蔵庫に飲物があるから、好きなものを飲みなさい」

と言う。中年の男は五分刈りの頭髪が相当のび、顎《あご》や鼻の下に無精髭《ぶしょうひげ》がのびて、いかにも旅疲れがしているように見えた。父より年上かもしれない。

空港に近いこの町は、昔は一面の畠《はたけ》だったそうだ。空港と一緒に生れた町は、いつまでたっても垢《あか》ぬけせず野暮ったい。こんな町で女を買うような男に幸福な男なんていやしない。

コカ・コーラを飲んでいるわたしをふりむきもせず、男は膝の上にかかえこんだ透明なファイルの上にうつむきこんで指を動かしている。ファイルの開いたすき間から、指につけたコップの水をそそぎこんでいる。宝物でも扱うようにそうっと中にはさんだものをいたわっている。

さあ終ったというように、ファイルを卓上に置くと、はじめてわたしに笑いかけ、背だけのばして、自分の膝の上に来るように目でうながした。

ファイルの中味を丁寧に扱ったように、男の扱いは優しかった。もの足りないほどの優しさだった。苛《いら》だってわたしが積極的に動くと、それを厭《いや》がるでもなく、巧緻《こうち》にわたしを扱った。

旅のスケジュールがひどかったので、疲れきっていると言いながら、男の動きは時間と共に活《い》き活《い》きしてきた。

他の客のように、なぜこんなことしているのかとか、もっと大きな町の方が稼ぎはいいのになどいっさい言わない。どうせ、家が貧しいとか、早くから不良仲間に誘われて、心も軀《からだ》もこわれてしまっているとか察しているのだろう。

「こんなの初めて」

と鼻声ですり寄ってても、どうせ演技だろうと思うのか、表情も変えない。男の長い脚がファイルのようになり、わたしが軀をはさまれて休んでいた時、ファイルの中味は何だったかと、はじめてそれを訊《き》いてみた。

「ああ、あれはフィリッピンの町で、小さな子供たちが、自分で作って売り歩いている花のレイだよ。みんなとても貧しいから、そんなものを日本の金で二十円くらいで売っている。買ってやらずにいられないだろ？」

「いくつ買ったんですか」

「姉弟から五つずつ」

「それ、おうちの奥様にあげるんですか」

「奥様がいれば、旅の帰りにこんなことしてないさ」

「ふうん、じゃ恋人?」

男はだまって、わたしの軀をこわれもののようにそっと扱って離れ、卓上に置いたファイルを取りあげてベッドに置いた。花が乾かないように水を与えていたのだ。

ファイルから取り出されたレイは、ハワイのレイのような豪華なものではなく、麻糸をより合せたような紐《ひも》に小さな白い花を丁寧にひとつずつ植えつけたもので、その紐を集めると、花束が出来る。壁などに掛けて観賞するのだろうか。

ファイルから出されると、上品な甘い香りがベッドにしめやかにひろがった。白い小粒の花は星を拾い集めたように可憐《かれん》だった。

「この花はね、フィリッピンの国花なんだよ」

「何ていう花?」

「サンパ・ギータ……この花のレイを向うの若者は恋人に贈って、永遠の愛を誓うんだってさ。そういう意味のサンパ・ギータ。茉莉花《まつりか》と我々は言ってる花だよ。ジャスミンというのもこの花のことらしい」
男は花のレイの固まりの中から二本ぬきだして、わたしの髪に飾ってくれた。
わたしは一瞬、花の精になったような清純な気分になった。
他の花は誰が貰《もら》うのかしら。わたしは嫉《や》いているのかな。

許婚者《いいなずけ》

突然まわりの席から人々がいっせいに立ち上がったので、私もあわてて椅子から腰をあげた。妻が死んで以来睡眠不足の夜がつづいているので、うっかり居眠っていたのかもしれない。それなら、あの絵も夢に見ていたのだろうか。旧《ふる》めかしいオルガンの音があたりに充《み》ちてきた。オルガンの向う側の参列者の席から歌声があふれた。遠い歳月の彼方《かなた》から寄せてくる冬の風のような歌声だった。記憶の底によどんでいたメロディーだが、歌詞はすっかり忘れきった讃《さん》美歌《びか》だった。

白い花で飾られた部屋の正面の壁際の祭壇には銀色の大きな十字架が掛けら

れ、その下に真正面を向いた妻の遺影が置かれている。見馴《みな》れない髪型にセットしているせいか、似合わない鬘《かつら》を無理にかぶせられたようなぎこちない表情をしている。娘の麻美《まみ》が、

「葬式用の写真はこれと、お母さんが前から用意しておいたものだから」

と、そこに据えた。写真の女が馴染のない他人に見えるように、今日の葬儀のすべてが、私には身にそぐわない。

町に一つしかない斎場でこんな式をすることも妻の遺言だった。しかもキリスト教の葬礼にするとは。教会ですれば、集ってくれる親類のほとんどが仏教徒なので、落ちつかないだろうからという説明までついていた。

直腸癌《ちょくちょうがん》の発見が遅れ、余命三ヶ月と私と麻美に医者が宣告してから、きっかり三ヶ月で妻は逝《い》った。手術をしてみたら肺にも転移していた。最後の一ヶ月は自宅療養にして、私がつきっきりで介護した。全身だるがるので、何時間でもさすってやることだけが、私に出来る唯一の介護だった。麻美が見かねて替ろうとすると、

「おとうさんのさすり方が一番上手だから替らんといて」

と言う。恥し気もなく言うことばの率直さは子供返りしたようにあどけなく、麻美がふきだしながら、

「はい、はい、何しろ、いいいなずけやものね」

と返す。病人はさも嬉《うれ》しそうに笑み崩れて照れもしない。

私は小学校三年の冬の雪の夜、先祖の位牌《いはい》一つを背中にくくりつけられて、ひとりで妻の生家にたどりついた。父の姉の嫁ぎ先で大きな米問屋だった。凍えきって口もきけない私をかかえあげて暖いこたつに入れてくれた伯母《おば》は、

「こんな小さな子を捨てておお前の親はふたりながら人間やないわ、畜生や」

と泣いてくれた。父が先に放蕩《ほうとう》で軀と財産を持ち崩し、行方をくらました。母はそれから一年もたたず男を作って、私を雪の中に追い出した。

その日から私は二つ年下の艶《つや》と兄妹のように育てられた。ひとりっ子の艶は私になつき、学校の行き帰りも手をつなぎたがった。

それをからかわれ、はやされると、私の背にはりついて、

「うちと兄ちゃん、いいなずけやもん、ほっといて！」

と声をはりあげた。どこで覚えたか、「いいなずけ」という艶のことばがたちまち学校じゅうに流行《はや》った。相合傘に二人の名が書かれ、「いいなずけ」と傘に記されていた。そんな落書きが下駄箱の横や、便所の壁に見られた。

大人になった二人は夫婦になった。私が伯母の家を継ぎ、艶は、おとなしく控え目な妻で、波風の立つこともなかった。家庭運に恵まれなかった私は、家族を大切に守ることだけに心を砕いてきた。

四十三年の夫婦生活の中で、私は妻に二度驚かされた。一度は麻美が生れた時、占い師の言うままに、自分の名前を和子と改名したことだった。その上、私の名前まで変えようとしたが、私は受けつけなかった。艶の方がずっといいと私が主張しても、これだけは頑として、和子で押し通した。艶は夫を短命にすると言われたという。

もう一つは、いつの間にかクリスチャンになって、日曜毎《ごと》に教会に通っていたことだった。日曜はほとんどゴルフと釣に通っていた私はそれに気づかなかった。

死ぬ半月ほど前、葬式はキリスト教でしてくれと言われ呆気《あっけ》にとられた。

教会の葬式で、昨夜はじめて逢《あ》った牧師が、故人の人徳と信仰の深さを讃《たた》え、つづいて、次々、教会の友人が立って、故人の並々でない献身や、慈悲深さの陰徳を語っている。私は今になって自分が妻という人間を、全く理解していなかったことに呆然《ぼうぜん》としている。

さっき夢に出てきた絵は、相合傘の幼いいいなずけの図柄だったと、突然はっきり思いだされてきた。

露見

ズボンのポケットでマナーモードの携帯が身震いを伝えた。

てっきり女からだと思いこみ、耳をあてた。

「お願いです」

思いがけず、妙に疳高《かんだか》くなった妻の声だった。

「別れて下さい。よく考えた末です」

呆気にとられて、とっさの声も出ないのにお構いなしに、

「明日、家を出ます」

と、妙に落着いてきた声が続く。

「今日を何日だと思ってるのか」

「元旦です」

「そんなこと、元旦に電話で言うことか」

「え？　あなたに元旦のけじめがあったの」

妻の声に更に余裕が見えてきた。言われるまでもなく、暮から正月は仕事だと称して情を通じた女と、ここ数年旅にばかり出ていた。同じ女ではないが、どの女も正月を共に過すと、家族より自分が愛されていると思うのか、常より情熱的になった。一番新しい今の女は、これまでのどの女より若く、三歳の女の子の母親で、名をなしかけた新進の建築家の妻だった。

俺は建築の写真専門のカメラマンで、旅行記や建築史の随筆もこなすせいか、不景気の今も仕事にはこと欠かない。

高校時代のクラスメートの妻とは、大学に入ってから縁を結び結婚した。高校時代は、背が高すぎるとコンプレックスを持ち、妙に引っ込み思案で目立たなかったのに、俺と愛しあうようになって以来、玉葱《たまねぎ》の皮をむくように日増しに闊達になり、魅力を増し、町を歩いていたら、モデルにならないかと声をかけられたなど言いだすのが、俺の自尊心をくすぐった。

　娘と息子がたてつづけに生れた頃から、妻以外の女が次々現われはじめた。女たちはそれぞれ自分の才能で身をたてているキャリアウーマンが多く、情事と家庭を割り切っている俺に、後腐れがなく安心だという者もあれば、強引に結婚を要求して、妻に不穏な電話をよこす面倒な女もいた。

　不思議なほど、妻は泰然と構えていた。子供好きの俺が、家庭を壊すようなことはする筈《はず》がないと信じていたのか。

　情事の相手は、インテリ女ほどプライドが高いから別れ易《やす》い、という女たらしの先輩たちもいた。そのどの男も、妻から堂々と別れ話を持ち出されたとは言わなかった。漸《ようや》く声が出た。

「男ができたのか」

「……はい……」

「どこのどいつだ」

「言う必要はないでしょう。あなたの今の女の人とのこと、あなたの携帯で私がすっかり知ったように、私とのことを、彼の奥さんも彼の携帯で、みんな知ったのです。不便ね携帯も。彼は着の身着のままで家を追い出されて、この正月、行場がなく安ホテルにいます。私、責任を取ります」

思わず、どなりかけた俺の声より先に、妻が言った。

「それからあなたが暮に発《た》ってすぐ、彼女の旦那の弁護士から電話がありましたよ。あちらも携帯であなたたちのことがばれたらしく、不倫の慰謝料の請求がありそうよ」

突然、ぷつりと携帯が向うから切れた。

今度の正月ばかりは、俺は大学時代の親友の癌が進み、生きているうちに会いたいというのを見舞いに、ひとりで佐渡へ来ているのだった。

友人の妻が、家族と一緒に祝膳についてくれと、呼びに来た。

夫を買った女

瑠香《るか》から丸二日メールがと絶えた。一日に幾度もメールのやりとりを交す仲になって、はや二年近くになっている。こちらからのメールに全く返信がない。ケータイが壊れたか、落したか、あるいはついに、夫の雅人に発覚してしまったか。異変の憶測に、純介の動揺が極まった時、北九州のK新聞社の高木から電話が入った。

「野崎！　仰天ニュースだ。ほら、お前の御贔屓《ごひいき》の、『夫を買った女』ね、交通事故で即死した。一昨日《おととい》の夜だ」

衝撃の余り思考力が凍りつき、居眠り運転のトラックの玉突き事故で、頸椎《けいつい》が折れたという高木の声は、ほとんど野崎純介の頭を素通りしていた。

「夫を買った女」とは、純介も五年程籍を置いたK新聞社が設けた、自分の生きて来た歴史を綴《つづ》った自分史の懸賞募集に、応募してきた和泉《いずみ》瑠香の作品の題名だった。純介は当時文芸部の記者として、懸賞係りを命じられ、選者の依頼や選考の事務一切の処理に当り、新聞社側の選者もさせられていた。

目立って達筆の原稿の美しさと、題名への興味から、応募作の中から引き抜いて最初に読んだ純介は、読後の興奮を抑えかね、社で唯一気を許している高木を誘い、行きつけの呑《の》み屋《や》で盃《さかずき》をあげた。受賞は「夫を買った女」だと、純介はくどく言いたて、高木と盃をかさねた。

作品は、未婚の若い女が、勤め先の既婚の大学の助教授に一方的に惚《ほ》れこみ、体当りで恋をしかけ、ついに男の心も捕える。不倫はたちまち男の妻に露見し、町の有力者だった妻の父の激怒を買い、男は離婚され、不倫の二人には莫大《ばくだい》な慰謝料がふりかかった。

大学をかけ持ちして古代史の講義をしているような男に、払える金額ではなかった。男をたまたま声のかかったシカゴの大学へ逃れさせ、女は隣県のヘルスに籍を置き、たちまち指名ナンバーワンの売れっ子になった。

清純可憐な風姿だけでなく、会話にウイットがあり、扱いも巧妙だと噂《うわさ》され、はては稀《まれ》なる名器だとか、噂が勝手にエスカレートしてゆく。女は素顔とは似ても似つかぬ妖艶《ようえん》なメイクに念を入れ、別人格になりすましていた。ふと気がついたら素顔の自分がそういう化粧をした顔で、化粧しない顔は、本物の自分でないような気さえした。その時、早くも慰謝料の全額が貯《たま》り、女はついに男を名実共に自分の夫とした。それにしても夫を買った五百万円という値段は高かった。

という内容だった。

純介は、題材の奇抜さと、文章の読み易さと、何よりヘルスの女の言動に強烈なエロスとリアリティがあふれているのに魅入られてしまった。

ところが選考会での結果は受賞に至らず、辛《かろ》うじて佳作の上位に残された。

選者の中で猛烈に反対したのは、文壇で権威を持つ初老の女流作家で、

「こんな俗っぽい底の浅い作り話は、頭から自分史賞を馬鹿にしています。エロに媚《こ》びた精神の低さが見苦しい」

と、声を震わせて断罪した。

落選を慰める名目で、はじめて作者の和泉瑠香を呼び出したその日から、純介は抗し難い恋に捕われてしまった。瑠香自身もありえないほど早く身を投げかけてきた。高くついた夫との間には、三歳になる双児の女児が生れていたが、保育所に預けて自分の時間を確保していた。一廻《ひとまわ》りも年少の瑠香の大胆さに馴らされて、純介も次第に無軌道と無頼に無神経になっていった。

瑠香が用意したK市の郊外のマンションの一室に、夫が定期的に他県の大学へ集中講義に赴く留守を狙《ねら》って、東京から通うというような横道なことさえつづけた。行手には滅びしかないと、長い道中で思い描くことさえ、密会の前戯のように快楽につづいていた。

純介の好みで、逢う時は化粧を落した素顔の頰が、幼児のように柔かく、抱きしめれば壊れそうな華奢《きやしや》ないじらしい軀が、性愛の場では爛熟《らんじゆく》さを醸し純介を圧倒した。問いつめると、二十歳《はたち》から二十五歳まで、父の友人の三十も年上の工藤勝造と不倫をつづけていたと言う。敏腕の貿易商のその男が、どれほど心をこめて瑠香をここまで女として磨きあげ、育ててきたかと思うと、純介は嫉妬より奇怪な感嘆の想《おも》いに胸が熱くなった。

葬儀場の外からだけでも掌《て》を合わそうと純介はK市へ出かけた。密会で通い馴れたはるかな土地を上空から見下ろしながら、K市のはずれの空港にたどり着き、タクシー乗場へ向った時、背後から声をかけられた。

「失礼ですが、野崎純介さんでは」

振り返ると、写真で見せられた、かの海運王オナシスに似た堂々とした老紳士が、すぐ背後に立っていた。隙のない喪服のスーツで身を固めている。

「はい、野崎ですが……」

「工藤勝造です。私も瑠香の葬式に参りました。同じ機内に乗り合せたのも御縁でしょう」

待たせてあった工藤のベンツに同乗させられ、斎場まで走る間、工藤の手放して流す涙のおびただしさに胸をつかれた。

「あんなに若いのに……私が代ってやりたかった……瑠香があれほど自分の欲望に忠実に、自由に生きたのは、すべて私の丹精とそそのかしのせいだ……罰が当るなら、この私なのに……」

工藤の憑《つ》かれたようにつぶやく言葉は、純介の頭に霰《あられ》のようにおちつづけた。夫を買った金も工藤から出ていたし、瑠香は結婚後も工藤と別れようとはしなかった。

「夜の仕事になぜ？」

「自分の値ぶみがしたかったのでしょう。実は私にも内緒でした。気がついて即座に止《や》めさせましたが」

「……ぼくらの密会の部屋も、もしかしたら」

「はい、あのマンションは私の持ち物です」

純介は車から飛下りたくなった。その瞬間、車はすっと停《と》まった。葬儀場の入口だった。

工藤の掌が、立ち上ろうとする純介の膝を優しく押えた。

「やはり、我々は中へ入るのは遠慮しましょう。こうしてふたりでめぐりあい、瑠香のことばかりとっくり話しあって、もう充分瑠香の供養になりましたよ」

サロンコンサート

タクシーが停まったら、待ちかねていた祥平が走り寄ってくるなり、私の掌を摑《つか》んで館内へ連れこんだ。サロンコンサートの開演直前だった。

「ごめんなさい。社長の客がなかなか帰ってくれなくて」

「大丈夫、八分前だ」

祥平が初めて私の目を見て笑った。

京都の貿易商が、大正年間に建てたという洋館は、九十年の歳月に、何度も代替りして、今では大正ロマンのレトロな雰囲気が売物の、貸会場となって、結構利用されている。

煉瓦《れんが》造りで色硝子《いろガラス》の窓の多いこの建物の一階で、二年前開かれたアットホームな結婚披露パーティで、私たちは出逢った。祥平が新郎の、私が新婦の友人代表としてスピーチをさせられた。

新婦は再婚で、三歳になる前夫との女の子をつれていたし、お腹《なか》の中には、新郎の子を宿していた。客はすべてそうした事情を承知の友人ばかりだったので、会食のワインが進む頃には、双方の客たちもすっかり打ち解け合っていた。

客の中で最高にノッポの祥平と、一番チビの私の背丈が話題になった時、酔った祥平がいきなり私を掬《すく》い上げ、新夫婦がベッドインする真似《まね》をして見せた。大きな拍手の中で、「今夜の花嫁は重いぞう」と野次が飛び、また拍手と爆笑が湧《わ》いた。私は新婦と同年なので祥平より五歳年長だった。

その後一ヶ月も経たないうちに祥平からの誘いがあり、二人だけの交際が始った。

「男って、無意識のうちに母親と同じくらいの背丈の女を妻に選ぶんだって……」

というのが祥平のプロポーズの言葉だった。

「香織さんは母と同じくらい小ちゃくて可愛い」

という祥平を、逢うごとに好きになったが、求婚に応じられなかったのは、かつての失恋の傷手《いたで》がまだ、私の心によどんでいたからだった。

その男は私が十代からヴァイオリンを習っていた女師匠の一人息子で、女親一人に育てられていた。師匠はどの女弟子にもその家族にも息子の優秀さを自慢気に語り、女弟子と彼との結婚を期待させるような言動をしていた。弟子の幾人かは、彼と親しくなっては捨てられて稽古にも来なくなった。

十八歳だった私もその一人だった。初めての恋に、たちまち心にも軀にも踏みこまれていた。生理の止ったことを告げた直後から、母子揃《そろ》って冷淡になり私を寄せ付けなくなってしまった。

二ヶ月過ぎて生理が戻った時は、もう女師匠のように自分ひとりで子供を育てあげようと決心していた私は、かえって強烈なショックを受け、神経のバランスを狂わせ、半年ほど寝込んでしまった。

今夜のコンサートは、祥平の親友がチェロを弾くというので誘われた。またその後で、今夜こそ祥平の部屋で愛に応えてほしいと望まれていた。

マルティヌーのヴァイオリンとチェロの二重奏曲の第二番が始る直前、祥平の押えておいた席に着いた私は、すぐ斜め前の席に女と並んで坐っている男の横顔が目に入った。まちがいなく、もう十年ばかりも逢わないあの男が、そこにいた。左の耳の後ろにあったほくろが、前より二倍ほど大きく黒くなり、自慢の髪が目立って薄くなっている。

男は隣の若い女の手を、自分の膝に引き寄せ、執拗《しつよう》に弄《もてあそ》んでいる。

チェロとヴァイオリンの巧妙な掛け合いや、哀愁のにじみ出る旋律が、私の肉体の芯に沁《し》みこんできた。

私はつと祥平の手を引き寄せ、心をこめて指をからみ合せた。

――今夜、いいわ――

私の掌の語ることばをしっかり受け止めたと、祥平の掌が喜びをこめて握り返してきた。

妻の告白

初めてお便りさしあげます。私とあなたのような間柄、つまり八年にわたって一人の男を共有しあっていた妻と愛人の関係の場合、妻の私から夫の愛人だったあなたへの初めての手紙の冒頭に何という挨拶をするものか、とまどってしまいます。

昨日、寺島周平の三周忌の法要を、娘と二人ですませました。もうあなたは周平の命日など思いだされることもないのかもしれませんが、一応のけじめとして御報告させていただきます。

あなたが、周平が舌癌で入院中の時も、せまいアパートの部屋での通夜にも、お寺での葬式にもお姿を見せられなかったことに、改めてお礼を申し上げます。

終《つい》に死ぬまで男の生涯を文学一つに賭けた割に報われず、前衛派の旗手というカビの生えた名称だけが薄い背中にはりつけられ、それさえ今にもはげ落ちそうに色あせ、辛うじてそのレッテルに、しがみついているという状態でした。癌の宣告を受けてから、家族の私と娘の知らない間に、周平はわずかばかりの著書も、資料も、手紙、写真もすべてを焼き捨てていました。生きていた証《あか》しを一切合切抹殺して死にたかったのでしょう。

ある時期、私は月の半分ずつを、彼が私たち家族の棲《す》む茅ヶ崎《ちがさき》の家と、あなたの東京の下宿のお部屋を、律儀に往来して暮す変則な生活が、彼が死ぬまでつづくのだろうと覚悟、いえ、そんな大げさな感じではなく、ごく自然に季節のめぐりが変らずくり返されるように、つづくものだと思い込んでいたのです。ところが思いがけず、あなたに新しい愛人が現われ、周平はものの見事に捨てられました。予定より早く、突然あなたの部屋から帰った周平は、足許《あしもと》が危いほど酔っていて、びっくりして玄関に突っ立っている私を見るなり、私の脚にしがみつき、子供のように泣きながら、あなたに捨てられたと繰り返していました。

あんな変則な暮しが八年もつづいたことがむしろ奇蹟《きせき》だったのです。

周平と別れて以来のあなたの小説家としての御成功を、私たちはニュースですべて存じ上げておりましたけれど、どちらもそれを話題にしたことはありませんでした。あなたの名を口にしないことが、私たち夫婦の間では、互いへのいたわりであり、礼儀でもあったのです。

あなたが周平の通夜にも葬式にもお見えにならなかったことを、あなたの私への思いやりと、武士の情みたいな礼節と受取って感謝しています。それなのに三周忌まで何の御挨拶もせず打ち過ぎた御無礼を許して下さい。

今日はどうしてもあなたにお詫《わ》びしたいことを告白するため、この手紙を書いています。

周平は病院で死ぬ三日前、突然、紙と鉛筆を要求し、それに、「逢いたい、約束した。呼んでくれ」と書きました。舌癌の手術の後、話せなくなっていたのです。

私はとっさに病人に向って、

「いやっ！　どうしてもいやっ！」

と言うなり、病室を飛び出し、洗面所へ駆けこんで声をしのんで泣きもだえました。

〝もし周があちらで死んだら、あたしどうすればいいの？〟

〝死ぬ前に必ず知らせるから、逢いに来ればいい。うちのあれは、きっと呼んでくれる。そういう女なんだ〟

あなたの小説のこんな会話を覚えています。

〝女房の心には鬼が棲むか蛇《じゃ》が棲むか〟

私は鬼です、蛇です。そのことをどうしても死ぬ前にあなたにお詫びしたかったのです。

周平は、あなたとの約束を決して忘れてはいませんでした。私も肝臓癌が肺に転移していて、程なく周平に逢えるのだそうです。

お軀だけはくれぐれも御大切《おたいせつ》に、周平の分まで書きに書いてやって下さい。
あちらで再会する日まで、さようなら。おわびをこめて。

かしこ

夜の電話

もし、もし、今晩は……あっ、うちの声、覚えててくれた？　だってもう長いこと電話しとらんでしょ、娘がね、電話するなって、きつう怒るんよ。あちらは超多忙のお人やから、用もない電話でれでれかけたら迷惑されるって……ほんま？　迷惑？　迷惑やないって？　ほうらね、そうよね、ハアちゃんは小説家になっても尼さんになっても昔のまんまのハアちゃんよね、今夜は娘が仕事仲間との会食があって出かけたから、内緒でちょっと電話してみたの、ええ、そう。主人は一昨年《おととし》の十二月にぽっくり逝《い》てしもうて。肺炎で三日寝ただけの安楽往生ですよ。宇野千代さんの言ったことばって、ハアちゃんが前に教えてくれたでしょ。長生きすれば、秋の木の葉が、はらりと散るように、命も何の抵抗もせず自然に散って、苦痛なしだって。だから宇野さんは長生きしたがってタワシで全身マッサージしてたって……あ、そう、あの人、九十八で亡くなったの？　私たちだってもう九十一やものね。百ももうすぐよ。ええ主人は八十八でした。死因は老衰って医者に言われましたよ。肺炎は死の引き金だって。うちら死ねばみんな老衰死ですよ。いやあね、つくづく生き過ぎだわね、え？　生き飽きたって？　そうそう、もうほんまに生きるの飽いてきたよね。主人が死んでから呆《ぼ》け婆《ばあ》さんひとり置いとけないと子供たちが言いだして、独り暮しの娘のマンションに一緒に住むことになったんよ。中学の数学の教師を勤めあげて結婚しないまま、停年退職した娘は、なま半可の母親なんかよりずっとしっかりしてて頼もしいけんど、小姑《こじゅうと》みたいに口うるそうてかなんわ。……はい、はい、そうです。所帯持ってる長男もよう見舞《みも》うてくれます。おっしゃる通り、有難いと思わな罰が当ります。それにしても長生きも難儀やねえ。何事にも程ってことがあるわね。まあ、七十代で死ぬのはちょっと惜しいかな、八十代で、木の葉ヒラヒラで死ぬのが理想的かな、女学校の同級生が、徳島から近畿にお嫁に来てて、時々集ってお食事会してたでしょ。ハアちゃんにも一度出席してもろたじゃない。あの連中がここ数年で、バッタバッタ亡くなったり、歩けなくなったり、亭主の介護で出られなくなったり、今ではもう三人しか来られなくなったんよ。その三人の一人の佐藤千也《さとうちや》さんが、この間の台風の日に、橋の上で吹き飛ばされて、らんかんに軀打ちつけて股関節《こかんせつ》の骨折って入院して、手術したばっかりよ。日舞の名取で、八十五まで弟子とって教えていたのに、強風には脚のふんばりもきかなかったのね。見舞いにいったら、気は確かで元気でしたよ。でも耳がうちよりずっと聞えなくて、手術のあと補聴器をいれてないので、会話はチンプンカンプンで、ほとんど通じない。目もみんな揃って悪くなってるし、せっかくいつも送っていただくあなたの新刊書も、昔のようにすらすらと読めないの。ああ、ああ、もっと若いうちに死にたかったと、つくづく思うわね。え？　ハアちゃんもそう思うって？　嘘《うそ》でしょ、だってあなたは人生思う存分使いきったって感じじゃないですか。え？　ちがう？　ふうん、後悔はないけど、ふっと虚《むな》しい……か。そうかもね。そうそうハアちゃんと仲好《なかよ》しだった新条幸子《しんじょうさちこ》さんね、八十六の時フラダンスの舞台に立って、最高年齢賞もらって話題になったでしょ、あの元気なさっちゃんが、圧迫骨折で、もう三ヶ月寝たっきりになってるのよ。食事会でも一番陽気だったので、淋《さび》しいわ。もうこの年になると、私たちは今夜死んでもおかしくないのよね、こんな電話も、これが最後かもね。そうそう、私たち陸上部に、若い青木先生が顧問になって、東京から来られたでしょ、そして半年で、出征して行かれたでしょ。あの先生が出征する前の夜、うちは公園の林の中で、熱烈なお別れ式してしまったのよ。私は何もかもあげるつもりだったけど、先生は戦死する覚悟だからって、処女は残してくれたの。口いっぱいにあふれた先生の精液の苦い味を私は今でも思い出せるのよ。夫は初夜の時、私の鮮やかな処女の証しを見て、いたく感激していた。青木先生は葉書一枚来ないまま、南支で戦死されたって……あ、娘が帰ったみたい。また怒られるから電話切るね、ごめんなさい、お休み……。

恋文の値段

その日、エッセイストの吉川早苗の家に届いた郵便物の中に、まざっていた一通の封書は、白地の何の変哲もない角封筒だった。表書の宛名のペン字にも見覚えがなかった。

世間には恋多き女と伝えられている割に、早苗の実際の恋愛経験は、片掌《かたて》で数える程もなく、その都度、身も世もなく相手に熱中しては尽す性《たち》なので、自分ではむしろ恋下手《べた》だと自認しているのに、書けば筆が弾み、男なんか、という活潑《かっぱつ》な気焔《きえん》をあげてしまう。それが性的欲求不満に不機嫌な、中年の同性たちから望外の共感と支持を得て、最近とみに人気が上っている。六十過ぎて思いがけず訪れた遅い文運だった。

白い封筒を裏返して、早苗は思わず息を呑んだ。差出人の住所もなくただ名前だけが表書の手で記されている。米山哲《よねやまてつ》。なつかしさより不気味さが胸にこみあげてきた。米山哲は二十年前に死んでいた。

平凡な一介の雑誌記者の山の遭難死など、マスコミでも通り一遍にしか報じられなかった。いつものように一人で登ったものと思いこんでいた早苗は、マスコミの報道で女のつれがあり、二人は抱きあったまま凍死していたとあったのを見て、五日ほど泣き暮した。

哲には家庭があり、翔《しょう》という名の男の子が一人いた。早苗の前では、家庭と妻の話は一切しなかったが、日ごとに育つ可愛い盛りの翔については、つい洩らすという感じで、その言動のあどけなさを早苗に伝えていた。早苗はいつの間にか翔が自分と哲の愛によって生れた子のように錯覚して、夢に背の高い哲に肩車してもらって、早苗に手を振っている翔や、風呂の中で裸でたわむれている父子の姿を、ありありと見ることがあった。

ふたりの情事は要心深く世間に秘し隠しおおしていた。極力それをすすめたのは哲だった。どんなに激しい愛戯に溺《おぼ》れた夜でも、哲は午前一時には早苗のベッドから抜けだし帰っていった。早苗はそれを一度も止めたことはなく、眠りこけている哲を揺り起して、身支度を急がせた。

「あんまりものわかりが好《よ》すぎるのもね、男って、たまには、帰らないでって泣いて貰《もら》いたいものなんだよ」

「本気で止めたら哲が困るくせに……」

哲の死後も、彼の遺族への礼儀として、早苗は通夜や葬儀に姿を見せず、哲のことを一字たりとも活字にしたことはなかった。

封筒の中から色の変った旧《ふる》い葉書が一枚あらわれた。太いペンのなつかしい哲の筆跡があった。

「風邪《かぜ》をこじらせ高熱。今週は行けない。ごめん」

携帯などなかった時代で、哲は毎日、葉書をこまめに送ってきた。この葉書は投函《とうかん》されなかったと見え、郵便局の消印がなかった。ポストに行けないほど高熱だったのか。

幽界からの便りのような葉書の届いた意味がわからないまま、その夜の十時過ぎ早苗の居間の電話が鳴った。受話器から哲とそっくりの声が流れてきた。

「もし、もし、ぼくは米山哲の息子の翔です。実は先月、五年ほど認知症だった母が死亡しまして……漸く母の遺品の整理に手をつけたところ、その中にあなたのお手紙が、つまり父へのラブレターが風呂敷包み一杯あるのです」

「…………」

「率直に言います。つまり、その手紙を買い取って頂きたいのです。……一応古書店に相談したら、三百万円で買うといっているのですが……」

「……どうぞ、古書店へ売り払って下さい。私は不要です。え？　世間に発表されても結構です」

早苗は言い放つとその瞬間、後頭部を金属バットでなぐられたような激痛に襲われ、どっとその場に倒れこんでいた。再度クモ膜下出血に襲われたら、助からないと言った医者の声が、どこからか走り寄ってくる。

スーツ

突然、電車が大きく揺れ、淳一郎の席の前に立っていた女が、淳一郎の軀の上に倒れこみそうになった。辛うじて淳一郎の肩ごしに窓にのばした両腕で自分の軀を支えた女が、

「すみません」

と、小さな声であやまって、姿勢をす早く整えた。満員の電車に始発駅から乗りこみ、席に坐るなり、次の仕事に必要な新刊本に読みふけっていた淳一郎は、いつからか自分の膝すれすれに立っていた女の、存在にも気がつかなかった。

声の子供っぽいのに似合わず、女は成熟した感じで、人目を惹《ひ》くほどすっきりしていた。若草色のスーツが形のいい胸や腰にぴったりとまといついていた。すぐ席を譲ってやりたいと思ったが、まわりの客にも気がひけて、本のつづきを読みふけるふりをしていた。もう活字は目に入らず、女の軀から匂《にお》ってくる香水の香だけに神経を集中していた。別れた女の誰かがつけていた香水の匂いと同じような感じがするのも悪くなかった。

次の四ツ谷で淳一郎は降りるので、早めに席を立ち女に坐るように目で合図した。女は、

「ありがとう、私も次で降りますから」

と囁《ささや》くように礼を言った。

電車が停まって、女の背後についで扉口に向った時、淳一郎は声をあげそうになった。ぴったり腰にはりついたタイトスカートの尻の真中から十五糎《センチ》ほど鋭利な刃物で斬《き》られていた。女の連れのようにぴったりその背に身を寄せて、女をかばいながら人波に泳ぎこみ、淳一郎は女の耳に囁いた。

「スカートの後ろが斬られていますよ」

女はぎょっとした顔で淳一郎の顔を見上げ、自分の掌でスカートの傷を確めた。

それが乃利子とのなれそめだった。駅前のタクシーを拾い、乃利子のマンションに送っていく間に、淳一郎はすっかり乃利子の魅力に捕われていた。

いつもは仕事着のジーンズスタイルなのに、その日は高校の同窓生の結婚式に出て新調のスーツを着ていたのだという。こんなことははじめてかと淳一郎が訊くと、乃利子はちろっと舌を出して、

「三度め」

と笑った。その日はマンションの入口から引返した淳一郎が、乃利子の部屋に通うようになるのには一月《ひとつき》とかからなかった。

三人めの子を産んだばかりの妻の由香は、また朝帰りの多くなった夫に厭味も文句も言わなかった。三十をすぎたばかりの乃利子は、それまでつきあっていた文芸雑誌の編集長と別れ、仕事部屋のついた広い部屋に引越し、淳一郎と

会社を造り、ＰＲ会社の下請の仕事を始めた。てきぱきした乃利子の積極性と淳一郎の文才で面白い程仕事の輪が広がった。二人は浴びるほど酒を呑み、共同の仕事をこなし、毎日のように寝た。

「淳の瞳が馬みたいに茶色いのが好き！　セックスが上手なのがそれよりもっと好き！」

うわ言のように言ってはしがみついてくる。そのうち、どの女もそうだったように、妻と離婚してくれと言いだした。淳一郎は妻も子供も愛していたし、家庭をこわす気にはなれなかった。板ばさみになったストレスから車の事故をおこしたりした。ついに乃利子から「最後の晩餐《ばんさん》をしよう」とメールが入った。

行きつけの新宿の小さな呑み屋で、二人はいつものようにカウンターに並んで坐った。乃利子から事情を聞いていると見え、わけ知りの女将《おかみ》が、その夜は貸切にしてくれていた。

淳一郎は乃利子の部屋の鍵をカウンターに置き、低い声で乃利子に囁いた。

「この一年間、オレたちは千四十二時間、一緒にいた。六百三十時間電話で話し、百二十七回セックスし、きみが百三十八回イき、オレが八十七回イッた。呑んだ酒の量は計算出来なかった」

「数えたんだ」

乃利子が淳一郎の茶色の目を覗《のぞ》きこみ、にっと笑った。その目にみるみる涙があふれてきた。腰を抱きよせてやろうと腕をのばした淳一郎は、乃利子が今夜あのスーツの仕立直しを着てきたのにようやく気がついた。

ふらここ

突然のお手紙失礼お許し下さい。

昨夜あなたの小説「ふらここ」を読んだのです。何度も息がつまりそうになりました。あの小説の中の「男」は、K・Iさんです。そうでしょう？ だって、姿、表情、声が、活字のすべてから、行間からもふき寄せてくるのですもの。あの方はあのように喋《しゃべ》り、沈黙し、あんなふうな手や指の動きをしました。あのように人の目を見つめました。まるで七年前に死んだあの人が、生き返ったような感じで、肌がぞくぞくして心がしぼられました。お察しのようにわたしはK・Iさんの出前文学塾の塾生でした。でも塾には一度しか出ていません。

もともとわたしは文学になんか興味を持たない人間でした。ただわたしの住むような田舎《いなか》の町まで、わざわざ文学の出前に来てくれるという粋狂な人に、好奇心が動いただけでした。いえ、そのちらしに出ていたK・Iさんの写真の顔にイカれただけかもしれません。それは小説家というより、ハーフの神父さまのような顔でした。眼鏡《めがね》の奥の目が何かに耐えているように哀《かな》しそうでした。それに掌。写真は机に肘をつき、その片掌で片頬を支えていました。よくあるキザなポーズ。その指の白く細く美しいのを、どうしてもじかに自分の目で確めたくなったのです。早速申しこみ、最初の出前の日に行ってみました。二歳三ヶ月の女の子をつれていきました。わたしが十七の時産んだ子です。父《てて》なし子です。その頃三人つきあっていた男がいたのですが、誰も父親ではないと言うのです。わたしにもわかりません。よく父親は自分の子かわからないけれど、母親には相手の男がわかるとか、世間では言いふらしていますが、あれは怪しい説です。だってわたしだってほんとにわからないのです。子供は男の誰にも似ていません。とんでもない放蕩者で、小さな山国の町では一、二といわれていた家の財産を、ひとりで費《つか》い果したという祖父に似てきたとまわりでは言っています。おとなしい子なのでつれていきました。入口で、子供はちょっと、と迷惑がられましたが、誰かがもう控室に来てたK・Iさんに相談したら、「子供歓迎！」と言ってくれたそうで、教室に入れました。子供はおとなしい子で、わたしの足許に坐ってひとり遊びして邪魔になりません。

現実に見るK・Iさんは、小柄で、あの美しい指にふさわしい繊細な全身でした。声が軀つきに似合わない異常な大きさだったのでびっくりしました。授業の間じゅうK・Iさんの視線はわたしたち母子の方にそそがれがちでした。気づかわしそうな、優しさにみちたまなざしを受けとめているうち、わたしはK・Iさんに愛されているような気分にひきこまれました。わたしも負けずにK・Iさんの顔ばかり見つめていました。講義など聞いても解《わか》らない難しいもので、しきりに差異という言葉が出てきました。

黒板には、「鞦韆《しゅうせん》」「ぶらんこ」「ふらここ」という字が書きなぐられていました。三つともブランコのことだと教えられました。

わたしはそれっきり出前塾には出席しなかったけれど、K・Iさんがわたしを電話で呼び出し、子供をつれて町よりもっと山奥の温泉に行きました。もちろん寝ました。K・Iさんの扱いは、子供の父親になることを拒んだ三人の若僧とは全く違っていました。K・Iさんは子供をつれて東京で暮さないかと誘いました。

K・Iさんとはそれっきりです。御承知のように彼はその後肺がんで倒れ、三ヶ月もたたないうちに死んでしまったのです。

「ふらここ」、今思いだしました。たった一度聞いた出前塾の講義は、あなたの小説の変遷についてだったのです。その時例に取りあげたあなたの小説の題が「ふらここ」だったのでした。

さようなら。ごきげんよう。

移り香

半年前から渡されている鍵で、瞬が由佳の部屋に入った時、まだ由佳は眠っていた。着ている物を脱ぎ捨てて向うむきの由佳の背の横に軀をさし入れると、背を向けたまま、由佳が、

「何の匂い？　香水じゃないけど、何かふんわかとてもいい匂い」

とつぶやいた。あっと思い、瞬は反射的に両腕で自分の軀をかばっていた。くるっと向き直った由佳が、脚をからめてきて、瞬の顔や首のあたりを執拗に嗅《か》いだ。

「白状しろ……どんな女としてきたの」

「してない」

自分の声の強さに瞬自身がたじろいだ。

「匂うなら、お香だよ、今はやってるじゃん」

「ああ、あのお香？　でもそれが何で瞬から匂うのよ」

「それは……」

言いかけて言葉に詰ってしまった。劇団の仕事だけでは食えないので、団員の若い者は、アルバイトを持つのが当然になっている。瞬が半年前から週三回通いはじめたのは、茶道と香道の師匠をしていた草凪《くさなぎ》家の隠居所だった。隠居者の号は秦葉《しんよう》なので、瞬はてっきり男だとばかり思いこんでいた。指定の番号に電話をいれると、答えを返してきたのは秦葉の娘聟《むすめむこ》で、

「世話のかからない老人です」

という。

丈夫な人だったが、三年前から脚腰が老いて歩き難《にく》くなり、正座が不可能になったので、隠居して悠々自適の生活をしている。気が強くて、そうなっても

独り暮しを望み、娘の家族とは住みたがらないので、夜、泊って介護してほしいというのであった。その場で話がまとまり、瞬は誠実に通いつづけている。実際には女だった秦葉は、八十八歳という年齢が信じられないほど若々しく気力も高かった。ショートカットにした髪は真白で清潔だったし、皮膚の張りも落ちていず、化粧を忘れていなかった。

瞬を気に入ったと娘夫婦には伝えたというが、面と向っては、左程愛想好くもなく、至って自然体で、まるで十年も前からずっと一緒にいたような雰囲気だった。劇団の話や、瞬の女友だちの話を聞きたがり、何が面白いのか、聞きながらよく声に出して笑った。

「坐れなくなってから、早く死なないかと毎日思ってるんだけど、この頃、瞬さんが主役をする舞台を一目観《み》てから死んでもいいかなと思い始めた」

ふっとそんな言葉を洩らすようになった。

たまに見舞に訪れる弟子たちに倣って、瞬も秦葉を先生と呼んでいた。百歳以上の老人が五万人を超えたとニュースで話題になった時、珍しく先生が興奮気味で瞬に喋りかけた。

「わたし、定命《じょうみょう》が長くてどうしてだか死ねない。もし、百まで生きたらどうしよう。八十八といっても数え年ならもう九十歳ですよ。百歳なんて、すぐそこ」

「いいじゃないですか。もし、先生が歩けなくなったら、ぼく背負います。目が見えなくなったらぼくが先生の目になります」

「仕事は？」

「たいした才能ないですよ。捨てていい」

——でも、あれはぼくの一世一代の上出来の芝居だったのかも……昨夜、いつものように先生の寝室の隣の小部屋のベッドに眠っていたら、ま夜中、先生がこつこつ杖《つえ》の音をさせてぼくの部屋に入ってきて、ベッドの横にしばらく立ち止り、ふっと小さな嘆息を洩らすと、すんなりぼくのベッドに身を入れてきた。夢かと思ったけれど、いつもほのかに感じている先生の調合した、この世に一つしかないというお香の匂いが、ふんわりとぼくを包みこんでいた。

どうすればいいのか、胸が高鳴ってくるのを聞かれまいとして、寝がえりをうつふりをして、先生に背を向けた。先生は息をつめたまま、全身はリラックスしているふうで、眠ってるのかと思ったら、しばらくして、すっとベッドを出て、また杖の音をさせ、自分の部屋へ帰っていった。

こつこつという杖の音が耳にはっきり残ってるから、あれは夢ではない。

瞬の白状を聴き終った由佳が、目にいっぱい涙をためて言った。

「瞬のバカ！　そうっと壊れないようにハグしてあげればよかったのに……。それだけでよかったのに……」

心中未遂

夢の中に、携帯のベルが忍びこんできた。目を閉じたまま、私は暗闇の中でサイドテーブルの携帯を素早く摑み取っていた。時刻は午前〇時を示している。昨日からと絶えている竹井朗《たけいろう》のメールに決っている。

——まさかまだ起きてはいらっしゃらないでしょうね。昨日は恐山《おそれざん》を予定通り取材。恐山は死の匂いがするアミューズメントパークみたいなライトな感じで拍子抜けしました。仔細《しさい》はお逢いして。おやすみなさい——

——夢で朗さんに逢い、どこかの明るい原っぱをふたりで駆けぬけていた時、メールが届きました。お疲れさま——

――原っぱを駆けるなんて、まるで十四歳の夢ですね。膝がよくなられたのでしょう。でも杖はまだ要心のためお忘れなきよう――

何年たっても朗のメールは、私を奥さんと呼び、敬語を使いつづけている。

本当の夢は、明るい原っぱなど走ってはいなかった。どこかの雪原で、収容所らしい場所から脱走して、私は死物狂いで走っていた。たくましい男の掌が、私の掌を摑んでいる。「もっと早く！　早く！」声は夫の浜田庸介《はまだようすけ》の、肚《はら》にひびくようなバスだ。夫は三回忌もすませたのに……「背負いましょうか、奥さん」テノールに変った声。朗だ。私は繫《つな》いだ掌にいっそう力をこめて走りつづける――

夫はふたりの郷里《ふるさと》の長野の田舎で、高校の社会科の教師をしていた。同じ学校の音楽の教師だった私の妊娠が隠しようもなくなって、二人は退職し上京した。

庸介の文才が認められるまで私が子供たちにピアノを教えたりしていたが、その期間は案外短く、庸介に運がつき、たてつづけに文学賞を獲《と》り、いつの間にやら夜も眠れないほどの流行作家になっていた。表向きは陽気で人当りがいい庸介は、編集者にも慕われ、二階の仕事場以外のわが家のどの部屋も原稿待ちの編集者でいつもあふれていた。私は彼等《かれら》の接待に明け暮れ、夫に仕込まれたマージャンや碁で彼等の相手をしたり、時にはカラオケに繰りだしたりしていた。

竹井朗は、夫の最初の受賞作からの担当の編集者で、夫が最も信頼を寄せていた。無口で無愛想な感じの竹井朗が、結婚は三度めだと聞いた時、私は呆気にとられた。それを告げた男が、

「その点、こちらの先生といい勝負ですよ」

と、口をすべらすまで、私はこれほど忙しい夫の情事など、想像したこともなかった。逆上した私は、ある夜、いつものように最後の原稿待ちの一人になり、茶の間のこたつで、私と呑んでいた竹井朗に、噂の真偽を確めてみた。

朗は上目で二階を見上げながら平然と、

「ぼくはその人たち、みんな面識があります。奥さんほど美形で魅力のある女なんて一人もいませんよ。最近最も向うで熱をあげているのが、女流作家の園《その》井浪江《いなみえ》ですからね」

あのブス！　私は心の中ではしたなく毒づいた。

「先生は最近、軀も神経も相当疲れていらっしゃいます。この間、万一、自分が居なくなったら、奥さんの面倒を見つづけてほしいなんて……」

それから二ヶ月もたたない時、庸介と浪江はゴルフ場で落雷に打たれ、死んでしまった。雷心中などと、しばらくマスコミを賑《にぎ》わした。

夫の忌明けの日、朗は携帯をプレゼントしてくれ、根気よく使い方を教えてからは、ずっと毎日、メールが律儀に届くようになった。これは愛ではない、義務なのだ、と私は自分に言い聞かせていた。

久々で訪れた朗に、酔ったふりをして唐突に言ってみた。

「ねえ、心中してくれない？」

「厭ですよ」

言下に真顔で断りながらも、こたつの中の朗の脚は、しっかりと私の脚をからめ寄せていた。

赤い靴

本土の最果てに近い村にその古刹《こさつ》はあった。

南朝の天子が幕府に追われて流浪の果てに、その寺で崩御《ほうぎょ》されたとかで、寺のある山を村人たちは御山《おんやま》と呼び崇《あが》めていた。俺は御山の発掘を、属している学会から命じられ、ひとりその村に棲みつくことになった。

人口四千足らずの寒村で、男たちは大方都会へ出稼ぎに出て、盆と正月にしか帰って来なかった。古い家には老人と息子の嫁と孫だけが寒々と暮している。空閨《くうけい》を強いられている女たちは色白の顎の細い淋しい顔立が多い。盆踊りは半島の歌の哀調を帯びた節に、たおやかな艶っぽい手足のふりをくり返す。

まるで未亡人のように慎《つつ》ましい地味な姿や行動の女たちの中で、ひとりだけ派手な化粧で異様に目立つ女がいた。村の唯一の大通りから寺へ入る道の角に建っている雑貨屋の長男の嫁であった。その店は、米も酒も肉や野菜も日用の食材は一通り扱っていて、そこだけで、台所に必要なものは間にあった。

夜になると、壁際に卓と腰掛が設けられ、一杯呑み屋の用もする。その時、長男の嫁が目の化粧を一段と濃くして、客の相手をする。カラオケも鳴りだす。

長男は結婚前オートバイで事故を起し、左腕を肘から先、なくしている。誰もがそのことを忘れてしまっているほど、義手をうまく馴らして自然に立振舞っていた。妻に負けないくらい今風のおしゃれでファッションに凝っていた。

彼の妻はいつも赤い靴をはいていた。自転車で注文の酒や食材を運ぶ時のスニーカーも赤なら、ドレスアップして隣村のホテルにコンパニオンとして出かける時のピンヒールもエナメルの真赤だった。足首の細い形のいい女の脚に赤い靴はよく似合っていた。

村の女たちは、女の名を呼ばず「赤い靴」という名で話題にしていた。女たちの話題はいつも「赤い靴」の悪評だった。隣町の高利貸の資産家の若主人と不倫の仲になっていて、男の妻が子供を連れていよいよ里に帰ったそうだとか、いや、北海道のもと勤めていたバーのバーテンダーが追いかけてきて、女の夫と一悶着《ひともんちゃく》あったとか、見てきたような口吻《こうふん》の話ばかりであった。

いつでも胸を大きくくり開けて、うつむいたら巨乳の谷間が覗けるような服しか着ないことも、赤い靴を蹴上げるようにして、尻を振りたててモンローウォークで歩く様も、ことごとくが、空閨の主婦たちの癇《かん》に障るのだった。俺の下宿の七十二歳の女隠居がある日、いきなり訊いた。

「赤い靴に誘われたことないけ？」

「いいえ、どうしてですか」

「あんさんのこと、独身か、いつまでこの村に居るのかと、うるそう訊かれたからな……気にするということは気があるということじゃろう。気《きい》つけさんせや、あの女は男殺しの相じゃぞい」

「赤い靴」が俺を気にするのにはわけがあった。忘れもしない。ひとりで発掘に行くようになって三日めの朝だった。新しい境遇に興奮していた俺は、その朝もまだ家々の雨戸が閉っている村道を通り抜け、ひとり御山に入った。もう少しで掘りかけの場所に着く小径《こみち》の途中で、背丈まである雑木の間から、いきなり赤いものが飛んできて、俺の腰に当って足許に落ちた。真赤なサンダルの一つだった。飛んできた方を見ると、雑木の彼方に雑草の密な場所があり、その蔭《かげ》から目の大きな女の顔がこちらを見ていた。目が合うなり、女が身をかがめた。俺の視線に雑草の中に沈んでいる男の姿が映った。女は男にまたがり、ひたとその軀に自分の軀を押しつけ、俺の視線から隠れたつもりでいるようだった。

すぐさまその場から俺は下山した。雑貨屋の前を通ると、片腕の男が眠そうな顔付で、雨戸を開けていた。

それから半年後、片腕の男が父親を刺そうとして果せず、自分がそのナイフで首を突いて死んだ。

赤い靴の女は、村から姿を消し、妻たちの話題にも上らなくなっていた。

その朝

ママがぼくとパパを捨てて、家を出て行ったのは、ぼくの五歳の誕生日の翌日だった。

その朝、ママはいつもの甘いやさしい声で、

「潤《じゅん》、おいで」

とぼくを呼んだ。昨日、パパに誕生日祝いに買ってもらった仮面ライダーガイムに夢中になっていたので、ママの呼声を無視していた。

「潤！　聞こえないの？」

ママのがまん切れの疳高《かんだか》い声が、とがったナイフのように飛んできた。いつ

頃からだろう。ママがこんないやな声を出すようになったのは。

　ぼくはよそのおばさんたちより、ずっときれいなママが大好きだった。ぎゅっと抱きしめられると、甘い匂いがするママを大きな果物のようだと思っていた。ママの一番好きなところは声だった。誰にでも甘い声で話したが、パパとぼくに話す声はそれよりもっと、とろんとしていた。

　パパはテレビの仕事をしているとかで、年中忙しがっていた。泊りこみといって帰らない日もあった。夜、帰らない日が、いつの間にか帰る日より多くなっていた。たまに帰ってうちで寝る夜は、よくふたりでけんかして、その声や物音で、ぼくは目を覚ますことがあった。いつかなんか、ママの「ひいーっ」という泣き声で目を覚ますと、二人のベッドの上で、パパがママの上に馬乗りになり、ママがパパの軀の下で逃げようと身もだえして泣いていた。

「かんにんして……もう……もう……だめ……」

　ママが髪をふり乱し、首をむちゃくちゃに左右に振って泣いて頼んでいるのに、パパはママの両手までママの頭の上で押えつけたまま離さない。

「やめて！　ママをいじめないで！　パパのばか！」

ぼくは自分が何を叫び、何をしているのかわからないで、子供ベッドから飛びおりると、大人ベッドに乗りうつり、パパの背中にしがみついて、ママから離そうとしていた。その後ようやくパパもママも裸なのに気がついた。

そんなこともすっかり忘れるほど日が過ぎて、とうとうママは出て行った。家の外には大きなトラックが待っていて、運転手のタカギさんがトラックから降りてきて、ママの手伝いをして、トランクや段ボール箱をせっせとトラックに積みこんでいた。

タカギさんは最近ママのお友だちになったんだ。軀が大きく、笑うと目が下り目になって子供みたいな顔になるが、ママが時々、パパと呼んでいるほど年は上みたい。パチンコの名人だとママが言っていた。ぼくを寝かしつけてからママはパチンコに通うようになっていたのだ。タカギさんはぼくのことを「ジュンボー」と呼んで、すぐ肩車してくれる。背の高いタカギさんに肩車され、

「ほうら、むこうにアメリカが見えるだろ？」

と言われると、ほんとに空のむこうにアメリカが浮び上ってくるように思う。

荷物を積み終ると、ママが助手席に乗りこんで、ぼくを膝に乗せた。

タカギさんのトラックは、西荻《にしおぎ》のパパの妹のユミおばちゃんちの前で、ぼくだけを降ろした。ママは手紙を二通ぼくに握らせ、ぎゅっとぼくを抱きしめてから、ひとり助手席に飛び乗ると、すごいスピードでトラックは去って行った。

「潤ちゃん！　何てことなの、ママったら」

ユミおばちゃんがぼくの後ろに立って声と軀を震わせていた。

歯ブラシ

天気予報が珍しく当って、午後になるとしっかり雪が降りだした。霏々《ひひ》として降りしきるぼたん雪は、片目しか見えない男の視界をさえぎって足許を危っかしくよろめかせる。左の目を失明した怪我《けが》の時、左脚の骨も折った。大学のラグビー部で目立って華やかに活躍していた選手時代のこと。遠い遠い昔――視界をさえぎる雪の彼方に茫々《ぼうぼう》と消えてしまった青春の日々。試合をする度、女たちが応援に来た。勝っても負けても女たちは興奮し、酔っぱらい、熱い柔い軀を投げ出した。

どの女も、男の生れ育った日本列島の最端の小さな島の話を聴きたがった。

漁師しかいない島に、今も伝わっているかくれキリシタンの秘密の祈りや、ふしぎなばてれんの祈りの唄を聴きたがった。

女たちはうっとりと瞳をうるませ、

――ああ、だからきみには、ばてれんの血が流れてるのよ、顔や髪のエキゾチックなのはそのせいなのね――

勝手に抱《いだ》く夢物語に女たちは自分で酔い、恋情をつのらせた。

男の故郷《ふるさと》の南の島では、雪はめったに降らなかった。それでも数年に、一度か二度、雪が舞い落ちて来ようものなら、子供たちは家に居ようが、舟に居ようが、幼稚園や学校に居ようが、そこから飛びだして踊り回った。

雪やこんこ
あられやこんこ
降っても　降っても
まだ　降りやまぬ

ふがふが鳴るオルガンを弾きながらそんな童謡を教えてくれたのは、栗《くり》のようなつるつるの小さな顔をした、幼稚園の女の先生だった。十代の終りのその先生に可愛がられて、はじめてのキスをされたという作り話も、女たちに受けた。

男の話を頭から信じなかった女がひとりいた。ルナは大学でダニの研究をしているという変り者だった。

「ウソ話を作る卓《たく》の才能が好き」

といいながら、男の話をさえぎるように唇を吸いにくる。どの女よりも淫蕩《いんとう》で、どの女よりも情熱的だった。自分以外の女のことなど話題にもしなかった。

その日、激しい愛戯の後で、空腹になったふたりは、駅前に餃子《ギョーザ》を食べにゆき、その足で女は化粧品店により、ピンク色の柄《え》の歯ブラシとチューブに入った歯みがきを買った。店の外で待っていた男の腕に、自分の腕を巻きつけ、スキップするような足どりで男の部屋に戻った。

洗面所のコップの中に投げいれてある男の歯ブラシの横に、ピンクの歯ブラシが当然のようにさしこまれた。

「そんなこと、やめようよ」

無意識で反射的に出た男の言葉を聞いたとたん、ルナは身をひるがえして男の前から走り去った。

その夜、中央線の三鷹《みたか》の踏切で女が電車にひかれたことを、男は三日すぎるまで知らなかった。

結婚は二度し、同棲《どうせい》は三人としたが、六十五歳の今、すべてに去られ、すべてを失った男は、一度も使われなかったピンクの柄の歯ブラシを、なぜか捨てられないでいる。

髪の毛

両親は、私が中学一年、姉が高校一年の時、離婚していた。二人の仲が冷たくなり、口も利かない不穏な月日がつづいていたので、姉も私もその結果に、かえってほっとした。母は神戸の家を出て、京都のマンションに独り暮しを始めた。保険の勧誘員になって、思いがけない腕利きになっていると言われても、主婦の模範生のように家事に有能な母しか知らない私たちには、そんな母を想像出来なかった。

二年もしないうち、私たち姉妹は父の家から母のせまいマンションに押しかけて同居していた。母は拒みはしなかったが、嬉しそうでもなかった。

姉は受験勉強に一途《いちず》だったが、私は月に一度か二度、父に逢わずにはいられなかった。私たちの養育費は父から入っていると、母は淡々と話していた。頭がよく、公立の医大に入り医者になり、同窓の男と結婚した姉の結婚式には、父と母は離婚していない風を装い、親として並んで出席した。盛装した母の美しさに列席者たちは目を見張ったが、それよりもモーニング姿の父の魅力ぶりが女客を圧倒したと評判になっていた。

私は生真面目《きまじめ》な母より、暢気《のんき》で陽気な父と気が合った。母と暮していても、月に一、二度の父とのデートを欠かしたことはなかった。

好きな英語を身につけようと外国語大学に入った頃から、父と私は、カフェなどでよく恋人どうしと間違えられて、笑うようになっていた。

手際の悪い男関係や、就職試験の度重なる失敗談を、父が聴いてくれるだけで、私の心の傷みは癒《いや》されていた。

一番最近の父とのデートの日であった。

いつものカフェの窓際のテーブルで、父は携帯をいじっていた。

「待たせてごめん」

「毎度のことで……」

私も気忙《きぜわ》しく自分の携帯を出し、父に最近出産したばかりの姉のその日のスナップの数々を見せた。母は骨盤がせまく、姉も私も帝王切開で産んでいる。三人めの子を同じ方法で産むには母の体力では無理だと医者に宣告されたらしい。

姉の出産の場には、母と私と姉の夫が付き添っていた。

「すっごいのね、お産って！　あれはほんと、女の命がけね、つくづく男って得だと思った。お父さん、私たちのお産の時、どうしてた？」

「二人とも、出産に立ち会ったよ。お母さんはつわりは重かったけど帝王切開だから、産む時は楽みたいだった」

「私はお姉ちゃんの赤ん坊が頭から、あそこを出てくる一部始終をしっかり見てしまった。ひどく動物的なのよね。とても怖かった。頭がでかくて、なかなか出られないんだもの、お姉ちゃんはひいひい泣くし、わめくし……見てて私自分のあそこが痛くなってしまった。お義兄《にい》さんはお姉ちゃんの頭の方に立たされてたから、出てくる所は見てないのよ。あれは男には絶対見せない方がいい。……でも、私、子供はやっぱり自然分娩《しぜんぶんべん》にする。そして五人は欲しいわ、もう二十四だから、まず結婚を急がないとね」

父は写真の赤ん坊を見て、私に見せたことのない優しい殊勝な笑顔になっていた。

「その子、目がお父さんそっくりだって、みんなの評判よ」

「まだよくわからないよ」

「ね……もしお母さんが、あんな痛い目して自然分娩してたら、あんなにあっさり離婚できたかしら……」

父は答えなかった。

その夜、父は初孫のための乾杯もせず、好きなお酒を一滴も呑まず、買い替えたばかりというしゃれた外車で送ってくれた。坐ろうとした父の右隣のふかふかの白いシートに、金茶色の女の長い髪の毛が一本、くねくねとしがみついていて、なかなかとれなかった。

それを見たことは、生涯父にも誰にも話すまいと思いながら、私はとれない髪の毛の上に、スカーフをすす早くひろげ、さり気なくその席に収った。

サーカス

五歳の祥子は軀が弱かったので幼稚園がつづかず、たいていひとりで原っぱで遊んでいた。原っぱは学校の運動場を三つあわせたくらい広かった。雑草に覆われていたが、風に運ばれてきた野の花の種が根づき、黄や赤や白い花が群れ咲いいた。蝶《ちょう》やとんぼが花のまわりに飛んでいた。祥子の家は、お好み焼屋としてはやっていたので、両親は一日中、店から手が離せなかった。

毎年、青葉の季節になると、原っぱに大きな象の色のテント小屋がかけられ、サーカスの一座がやってきた。聞きなれたジンタの音が小さな町の中にひびいてくる。いつでもその曲は同じだったので、それを聞くと祥子は軀じゅうがわくわくしてきた。

店のお客さんも、お好み焼を食べながら喋る。

「あ、今年もサーカスがきたな、あのジンタの音を聞くと何だか気分が浮れてくるわ」

「そうなあ、でもあの『天然の美』という曲は、何やら淋しい節で、盆踊りのように心が浮いてこんね」

「何でサーカスはみな、天然の美と決めてるのやろ」

祥子のおかあさんが、お好み焼を作る手を休めずに言う。

「祥ちゃんは、嬉しいなあ。サーカス大好きやもんね」

女客がやさしい声で、祥子にも声をかける。

「この子はサーカスが好きで、毎日ひとりで見にいくんじょ、店からのお好み焼の差入れで顔、覚えられて、いつでもこの子は中に入れてもらえるの」

「あれは去年やった？　サーカスが終って町を去る時、祥ちゃんが追って行って迷子になって大騒ぎしたのは」

「ほんまにあの時は心配しました。サーカスに子供がさらわれるなんて、うちら子供の時、親からようおどされたもんね」

「ほんまに、そうやった。サーカスにさらわれたらお酢をぎょうさん呑まされて、骨まで柔かくするんやって聞かされた」

「ほら、祥ちゃん、おばちゃんもそういうてるやろ、おかあさんのいうことほんまよ」

祥子は大人の話がうるさくて、店から駈《か》けだし、原っぱのサーカス小屋へ走った。楽隊のお兄さんたちが、天然の美をまだかなでつづけていた。

「あら、祥ちゃん」、一座で一番きれいな人気者のレイ子さんが、象と馬の餌の入ったバケツを下げてきて、祥子に声をかけてくれた。綱渡りの時は袖の長い着物を着て、桃色の傘をひろげて渡っていくし、短いパンツから長い素脚をのばして、馬に乗って火の輪をくぐりぬけるのも、レイ子さんだった。

「やあ、祥ちゃん元気だった？　背が少しのびたのか」

ジンタの中から出てきた太郎が、クラリネットを持ったまま、つかつか近づいてきた。祥子は胸がどきどきして倒れそうに思う。大好きな太郎。空中ブランコの時、太郎が、大きく揺れ動くレイ子のブランコへ飛び移る時は、思わずしっかり目を閉じてしまう。客席から湧きおこる拍手を聞いてから、そっと目をあけると、お互いのブランコに無事に乗り替え移っている二人が、客席にむけて笑顔で片手をふっていた。

昨日九十二歳になった植村祥子は、まだ耳の奥で鳴りつづいている天然の美の曲に神経を集中していた。夢だったのか――これまで一度も夢にも見なかった、サーカスの象色のテントが、まだ瞼《まぶた》の中に揺らめいている。夫の十三回忌を去年迎えた。外国勤務の多い男と結婚した一人娘は、南米を転々としてめったに帰って来ない。娘を束縛したくないと、自分からこの老人ホームに入って早くも十年が経っている。もう生き飽きたと思うのに、まだ定命《じようみよう》がつきない。親につづいて外国商社に勤めている孫に、去年、双子が生れたそうだ。ひ孫を抱きたいとも思わない。すでに目も耳も用をなさなくなっている。太郎の夢をあんなにはっきり見るなんて……。この年になって、わが心の奥に何があるのかさえわからない人間の、摩訶不思議《まかふしぎ》さ。

サーカスを追って歩きつづけた日の夕陽《ゆうひ》の輝き……もしかしたら、あれこそは浄土の光なのか――。

求愛

宮本由梨さん

これからラブレターを書きます。陽気のせいで、頭がヘンになったのだろうと思わず、最後まで読んでほしい。メールではもどかしいので書き馴れない悪筆手紙にしました。

突然、この五日から二ヶ月間、南米のコロンビアに出かけます。今は五月一日夜中だから、あと、四日しかない。神戸の建築家の坂垣信哉氏の、仕事の現場に密着して取材するためです。坂垣氏は、これが最後の大仕事になるだろうと張り切っています。向うで子供たちの大遊園地を設計して、この世の子供たちの天国を造るのだそうです。以前ブータンでした氏の新しい村造りの記録映画のおれの仕事を気に入ってくれ、どうしてもと、お声がかかったのです。

七十歳という氏の年齢を思えば、それもあり得るかと、おれは他の仕事をすべてキャンセルして、氏と同道することに決めました。二ヶ月は全く帰れない。

さて、考えてみれば、ここ三年ばかり、半月以上、きみと無連絡でいたことはなかったと気づき、突然胸さわぎがし始めたのです。

坂垣氏の命もさることながら、二ヶ月先の自分の命だって保証できない。もちろんきみの命も。もしかしたらこれで逢えないかもと思い至ると、すっかり慌てている自分に気づいたのです。おれの女房がおれより九歳も年上のトラック運転手に走り、身一つで去って行ってから早くも三年、きみの御亭主がどういうわけか、きみたちの家から去ってからも三年の歳月が流れている。発車間ぎわの新幹線に飛び乗って坐ったとたん、窓際の隣席で車内誌を見ていた女がちらとこっちを見て、

「まあ、ハムちゃん！」

とつぶやいたのがきみだった。公彦《きみひこ》というおれの名をハムというニックネームで呼ぶのは高校の同級生しかいない。列車が京都に着くまで、ふたりは高校時代に返って話しつづけたね。声を出すのが気がひけるので、お互いケータイを取り出して軀を寄せあい、メールで語りつづけた。きみは結婚して、大学生の一人息子がいるけれど、夫君が聟養子《むこようし》に入ったので、もとのまま宮本由梨であること。お互いの配偶者は家を出てふたりとも独身のような暮しであること。メールを打ち込むほど、お互い陽気になり、大阪に行くきみを残し、京都で降りたおれは、これまでしたこともなかったのに、車窓のきみに向って片手をあげて遠ざかる列車を見送ったりしていた。あれから急速に親しくなったきみとの歳月をふり返れば、おれはどれほどきみのおおらかな無償の愛に恵まれ、甘えすぎていたことか。帰宅時間の定かでないおれのために、得意の料理の腕をふるい、さまざまな外国料理の食事を運び、マンションのドアのノブにかけておいてくれたこと、その玄人《くろうと》はだしの腕前に驚嘆して美味に感動しながら、それをセックスだけでつながっていた邦子と一緒に食べたと、つい口走った時のきみの激怒ぶり。仕事がたてこみ、仕事場での徹夜が多いとぐちるおれに、仕事場あてにイギリスのふかふかの毛布を送ってくれたのを、マンションの自室に持ち帰ったと告げた時、「誰かさんとあの毛布にくるまるため、送ったのではない」と、怒らせてしまったこと、etc.……思えばおれの無神経で、どれほどきみの心や神経を傷つけてきたかと思うと、到底言えた義理ではないが、ここに至って、ほんとうにきみを失いたくない。きみが欲しい。心も軀も。性の合性はもう試験ずみだ。きみの話はいつでもおれを飽きさせない。ウイットにみちていて、いつもおれを愉《たの》しませてくれる。こんなに魅力的な軀と頭のいい女を捨てて行った男はバカかと思った時、いや彼はコンプレックスで逃げたのだと気がついた。するとおれは彼と闘う意欲が猛然と湧きおこってきた。五十一歳の男の情熱だ。

出発までは、神戸で準備に没頭する。出かける前には逢えそうもない。二ヶ月後、無事帰国できたら空港から真直《まっす》ぐきみの所に走っていく。

そして本気で、長くつきあって下さいと、プロポーズする。もし、その間におれが死ねばこれが遺書だ。待っていてくれますように。

吉岡　公彦

誤解

　ぼくの名は「光《ひかる》」。じいじが名前をつけたというが、じいじは自分がつけた名前でぼくを呼んだことがなく、ぼくを呼ぶ時はいつでも「ピカ」と言っている。そのうち、うちの者はみんなピカと呼ぶようになったらしい。どうしてピカなのってばあばにきいたら、

「光っていうのは、何でもピカピカ光るもののことだからピカってじいじがいいだしたの」

　と教えてくれた。お星さまピカピカ、お月さまもピカピカ。

「ヒカルの心もピーカピカ」

ばあばが歌うようにいって、ぼくをぎゅっと抱きしめて、ほっぺにチューをした。ママもじいじもよくぼくに同じことをするけれど、ぼくは、ママよりもじいじよりも、ばあばのチューが好きだ。じいじのチューはひげが痛い。ママはベトベトになるまでチューするからいやだ。じいじとばあばはまだ四十五なのに、年寄ぶるのが好きなのだ。

大人はぼくたち小さな子供のことを、なんにも知らないと思いこんでいるようだけれど、子供って、ひとりでに這《は》い這《は》いしたり、歩きだしたりするように、いつの間にか、誰かから教わるでもなく、いろんな言葉や、大人のすることを自然に覚えてしまうのだ。

十九のママがぼくを産んだ時、じいじが、

「ぼくは相当だらしなくて、きみのママを泣かせてきたけど、結婚もしないで子供を産ませたことは一度もないぞ」

って怒ったと、ばあばが笑い話に親しい人たちに度々話していたのを聞いている。赤ん坊のぼくにそんなフクザツな話がわかる筈ないと思っている大人たちがドンカンなのだ。その時、赤ん坊は自分の心を言葉に出来ないけれど、記憶はしっかり頭に刻みつけられていて、育っていくうちに、突然、言葉の記憶がありありとよみがえって、闇に光がさしこんだように、何もかも瞬時に理解してしまうのだ。大人は自分のそれを忘れている。

ぼくはママがひとりで産んだのではなく、パパがいたこと、でもパパはなぜかぼくを育てられなくて、ママと別れてしまったこと、ぼくが二つになった時、ママは秀治《しゅうじ》というテレビのディレクターと仲よくなり、ぼくをつれて彼のマンションに移ったこと。それでもぼくは誰にきかなくてもこの秀治さんをぼくのほんとのパパとは思えないで、ずっと「秀《しゅう》さん」と呼びつづけたこと。ぼくはみんな覚えている。

ぼくが三歳になった三月十一日に東北に大地震がおこり、大津波があばれ狂った。たまたまママは秀さんの出張について一緒にロンドンへ出かけていた。ぼくは、ばあばとふたりで、杉並のばあばのパパの建てた二階家にいた。じいじが飛んできて、ものもいわず、ぼくとばあばをいっしょに抱きしめてくれた。

厚くて熱いじいじの胸に全身を押しつけられ、背中におおいかぶさったばあばが声を抑えて泣くのを感じていた。どうしてじいじはこの家にほとんど暮さず、別のマンションにひとり暮すのだろう。

間もなく陸前高田《りくぜんたかた》という所から、ばあばの高校時代の親友の絹代さんが孫の五歳の麻衣《まい》ちゃんをつれて、杉並の家に避難してきた。家も麻衣ちゃんの両親も、みんな波にさらわれてしまったという。麻衣ちゃんは大きな目に涙をいっぱいためていたが、歯を食いしばったように唇をしっかり結んで、泣かなかった。ぼくの宝物の、じいじに買ってもらったウルトラマンのおもちゃや万華鏡をあげるといっても、首を横にふって睨《にら》みつけるようにした。ぼくは悲しくなって、自分がそうして貰うと嬉しいように、麻衣ちゃんをいきなり抱きしめて、ほっぺにチューをしたら、すごい勢いで突きとばされて、頭をぶたれた。びっくりして泣きだしたぼくを、ばあばに押しつけ、じいじが麻衣ちゃんを自分のあぐらの中に抱き寄せ、耳もとで何かささやいている。麻衣ちゃんは、じいじの胸にしっかり顔を押しつけ、ひくひく泣きはじめている。

「ごめんね。ピカは麻衣ちゃんを大好きになったんだよ。仲よくしてほしいんだよ。きらわないでね」

じいじのひくい声が聞えてくる。ちがう。ぼくはただ麻衣ちゃんをなぐさめたかっただけなんだ。悲しんでいる麻衣ちゃんに、不幸せな麻衣ちゃんに、何かしてあげたかっただけなんだ。この時、思いがけず、ぼくのほんとのパパって、今、どこにどうしているのだろうという思いが胸につきあげてきた。

どりーむ・きゃっちゃー

枕の端に突っこんであるケータイが身震いした。反射的に玲子の軀の上から右腕をのばし、ケータイを取りあげる。玲子がいら立ちを隠そうとはせず、両腕に力をこめ、力のゆるんだおれの腰を、自分の腰に引きつけようとする。

ケータイの示す時刻は23時45分。最近、栞《しおり》からの電話はまるでわざとのように玲子との交接の時におとずれる。

「いやらしい！　ばばあの癖にこんな邪魔がしたいのよ」

口汚ない言葉からケータイをかばおうとして、その都度おれは左手で、玲子の口をふさぎ、右手のケータイを耳に押し当てる。

「ほんとに、あのどりーむ・きゃっちゃーを徹《てつ》に貰ってから、眠りが深く、必ず夢を見るのよ、それも面白い夢ばかり、徹に話したくてたまらないような夢ばっかり」

九十一歳とは信じられない外見の若さだが、特に声は、はりがあって高く若々しい。

シンガポールの町角で、タクシーから降りたとたん、足をくじいて倒れた栞を目の前に見て、思わず駈け寄って抱き起し、痛さで口もきけなくなった女をホテルに運んだり、医者の診察に立ちあったりしたのが縁で、つづいてきた仲だった。おれより四十一歳も年長だと識《し》った時の驚きの表情を、今でも栞が時々真似をして見せる度、ふたりで初めてのように笑いあってしまう。最初の出逢いの時、栞は八十四歳で、おれは四十三歳だった。

栞は二十代からニューヨークへ渡り、美容師の修業をして、横浜で店を持つようになって以来、幸運つづきでこの年になったと、ひとりごとのように話す。結婚は二度したたし、情事の絶えたことはなかったが、子供は自分の意志で作らなかったと言う。

シンガポール以来の長いつきあいの中で、ふたりで揃って酔っぱらってしまい、栞の家の応接間のソファーの上で、おれが目を覚ましたことがあったり、ホテルのツインルームで、ルームサービスの朝食をとったりしたこともあったが、キスひとつしたことはなかった。おれは結婚には一度失敗していたが、女に不自由したことはない。子供は別れた妻との間に二人あったが、妻がどうしても離さず、つれて出ていった。それ以来逢ったこともない。

そんな話も、その別れの原因になったモデルの潮吹き女の話も、聞き上手の栞にはいつの間にか、喋らされている。

旅行記とその写真で食っているおれは、世界のどこへ出かけても、旅先から栞に、ケータイで写真やメールを送りつづけている。

「ケータイを持ってくれたらなあ」

とつぶやいたおれの一言で、栞はケータイを一ヶ月で使えるようになり、いきなり絵入りのメールを打ってきて、タイにいたおれを驚嘆させた。栞が八十五歳の時だった。

旅先から決して栞の買いそうもない安価な土産《みやげ》を買ってくると、栞は声をたてて笑いながら、子供が玩具《おもちゃ》を貰ったような無邪気な顔をして喜んだ。

「どりーむ・きゃっちゃー」は南米の通りすがりの町で、インディアンの女が手作りしたものだった。直径十糎《センチ》くらいのブルーの針金の輪の中に、簡単な円を金色の紐でいくつも編みこみ、ブルーの飾り紐を六本垂したものだった。八ドル程度の安物の工芸品で、出っ歯の女が唾を飛ばしながら、ベッドの真上に吊《つる》しておくと、すばらしい夢を見ると説明した。

それを受け取ると、栞は例の無邪気な表情になって喜び、自分のベッドの上にそれを吊してくれと、おれを自分の家につれて行った。

それ以来、栞の深夜の電話が来るようになった。この頃、他の女をすべて追っぱらい、おれを一人占めにしたつもりの玲子が毎晩ベッドを共にしていた。最後まで追っぱらえない栞に、玲子の怒りがこり固まっていた。セックスのない交際が、それのあるのより嫉けるのだといい、栞を呪っていた。

「――私が極楽へ行ってね、昔の男たちがみんな集って、歓迎パーティ開いてくれてるのよ。どの男も、死んだ時の顔して老けてないの、私は四十過ぎの一番きれいだった時みたいに、若がえってるらしいの、次々彼等と踊って、それは愉しかった……ね……もしかして私、近く死ぬのかな」

玲子が今にも叫びだしそうな気配で、全身を硬直させた。そうさせまいと、おれは玲子の首に巻いていた左腕に、力をこめた。

「じゃあね、お休み」

最近、とみに耳の遠くなった栞の電話は、自分が喋るだけで気がすむようで、さっさと切れる。

ほっとして腕をゆるめたおれは、ぎょっとなった。

玲子がおれの腕の中で、息をしていない。

声

三日前、自分は八十一歳になった。七十年前の敗戦は、当時の満州国ハルピンで迎えた。

父は早くからハルピンに渡り、自分が生れた時は、瑞穂洋行《みずほようこう》と名乗る貿易会社を創立し、社長におさまり、邦人会の会長なども務め、すこぶる威勢がよかった。しかし父の容姿はどう贔屓目に見てもよろしくなかった。背は低いし、肥《ふと》りすぎていて、顔の造作もとりたててほめるところはなかった。醜くはないが、美貌には縁遠かった。ところが母はミセスハルピンといわれるほどの美女だった。新潟美人で、人を振りかえらせるだけでなく、アララギ派の歌を詠み、歌集も二冊残していた。母の兄と、父が高校からの寮友で親しくなり、二人の縁が結ばれたという。

姉だけが、母の里の新潟の家で生れたが、あとの三人はハルピンで、たてつづけに生れている。弟と妹を年子で産んで、二年後に、母はクモ膜下出血で急逝した。

敗戦を知らずに死んだ母は幸せだったと、後年、父はしばしば口にしていた。子供だけの帰国の旅がどんなに辛《つら》かったか、日本に着いて親類を盥廻《たらいまわ》しにされた二年間に、どれほどの屈辱を蒙《こうむ》ったか。痩せこけて別人のように貧相になって帰国した父に、きょうだいはただ一つ、これまでの苦労を口にしようとはしなかった。

年よりませて見える姉をロシア兵が拉致して行こうとした時、きょうだい三人が姉の軀におおいかぶさって姉を守ろうとしたのを見て、同行の大人たちが、いっせいに立ち上り、ロシア兵に立ちむかってくれた話などは、父が喜ぶので、度々くり返した。

焼け残った農家の馬小屋だった所に、親子五人身を寄せ合って暮した時が、八十一年のわが生涯で、最も平安だったとは、何という情けない一生であったことか。

新興宗教の宗祖と親しくなった父は、食物や飲物を袋一杯持って帰るかと思うと、ある日、相当傷んでいるが結構使えるアコーディオンを一台持って帰ってきた。

父の弾く音に合わせ、自分と妹が、知っている限りの歌を歌った。――まさか、こんないい声とは知らなかった――父はうめくように言い、音楽学校には行かせてやれないけれど、お前はその声で生涯女に不自由しないぞと言った。三人の競争相手を追っ払い、母を得たのも、俺の声の愛の囁きの力だと愉快そうに自慢した。

「いいか、その時は必ず灯《あか》りを消すこと。月夜なら、窓のカーテンを引くのを忘れるな。その不細工な容姿を闇の中に包みこんでしまえ。声だけで囁き通せ。女の魅力を繰り返しほめること。愛していると言いつづけること。その間じゅう、決して手を出さないこと。お前の声に酔ってきた女が耐えきれず身動きをしはじめても、気付かぬふりをして手を出すな。耳たぶにお前の唇が触れるか触れないかの距離で囁きつづけるのだ。——やがて女の軀が自然にお前の胸に倒れこんでくる」

父も、姉も妹も死んだ。父は脳溢血《のういっけつ》で、姉は自殺、妹は乳がんで。弟は高校の絵の教師を停年まで勤めあげ二人の娘を育てて、女房と仲よく年老いている。自分とはもう何年も音信なし。

自分は十人ほどの仲間と音楽クラブを作ってホテルや高級レストランを廻り、引っ張りだこの盛時もあったが、気がついた時は借金で身動きできず、責任者の名義の自分が自己破産して、どうにか仲間と別れることができた。

尾羽打枯らした自分に愛憐を感じる金持の未亡人などあらわれ、どんな時でも女には困らなかった。父の教訓をひたすら守って、年と共に背は縮み、肥りつづけ、頭は禿《は》げてくる見苦しさにもめげず、女を声だけでたらしつづけてきた。最近は便利なケータイが活用され、益々《ますます》都合がよくなった。今日も孫のような女とはじめて逢うため、空港にやってきた。

あ、居た！　自分の指定したパン売場の前のベンチにぽつんと腰かけて、女はしきりにケータイでメールを打っている。自分のケータイに打っているに決っている。パーマのとれた柔かい髪が頬にかかり、長い反ったまつ毛が、目の下に翳《かげ》をつくっている。ちょっと上を向いた可愛い鼻、時々無意識に嚙《か》みしめられている厚い唇……

自分は足音をしのばせて女に背を向け、小走りに遠ざかり、人ごみにまぎれていた。はじめての行動だった。心臓がどきんどきん脈打っている。――きれいすぎる、可愛すぎる、もったいない……――

はじめての心境だった。八十一歳という忘れていたわが年齢が目の前にくっきりと浮んできた。

空港の建物を出て、バス停に近づきながら、自分はケータイの電話に声を送った。

「幸せに……いつも祈っている……」

祈っているだって？　この薄汚ない自分が？
相手の声の聞える前、ケータイを閉じた。

誘惑者

行先は決っていなかった。ただもう帰れないほど遠くへ行ってしまいたい……死ねばもう帰れない。そう、私は死ぬ旅に出かけたのだ。姉のように死にたい。更年期の鬱衝動などではない。死出の旅とは誰が言いだしたのだろう。でも地図のないあの世への旅は、思っていたより心細すぎる。死にたがってる人間が、地図のない土地への旅は心細いなんて、今更……自嘲で口許が歪《ゆが》むのを感じながら、殊更に奥歯をぎゅっと嚙みしめた。

癖になってしまったその表情を、夫の慎介は露骨に嫌った。唇の両端が下って如何《いか》にも恨めしそうな、意地の悪い表情になるという。「お前は、のんびりしてて、おだやかなのが取柄《とりえ》だったのに」とか。

　結婚以来、慎介が幾人女を作っても、泣きわめいたり、別れたいなど騒いだことは一度だってない。初めて慎介が受付の若い娘を孕《はら》ませた時、私は怒りより怖《おそ》れで軀じゅうが石のように硬くなった。気がついたら、ぎゅっと奥歯を噛みしめて全身を硬直させていた。姉の亡霊が、笑ってそんな私を見下ろしているような気がした。罰が当ったと思った。

　慎介の頭のいいのを見込んだ父が、貧しかった苦学生の慎介を引き取り、医者に仕立て、姉と婚約させて、代々町で続いてきた産婦人科の病院を任せようとした。背が高く、人気歌手に似た慎介に姉は心底惚《ほ》れこんでいた。抑えきれない恋情を四つ年下の私に洩らすことが、姉の唯一の心の安らぎだった。そんな慎介に犯されている最中も、おく手の私は、まさか自分が姉を裏切っているとは思わなかった。一度の交渉で私が妊《みごも》った時、父と慎介はすぐ堕胎手術をしようとした。うちの病院が父の代で大きくなったのはその手術のおかげだった。

　姉が泣き叫んで、それをさせなかった。産れた瞬一が一歳の誕生日に、姉は薬局の薬で自殺した。遺書はなかった。瞬一が産れて以来、姉は私とは口をきかなくなっていた。

姉の一周忌が来ない間に、慎介の女遊びは始っていた。美貌と利発で患者にも人気のあった看護婦長をはじめ、通い所として部屋を持たせている女も何人かいた。

抱き寄せられる度、姉の亡霊に見張られているような恐怖で、奥歯を噛みしめる私を鬱陶しがり、夫婦の性交は遠のいていた。息子の瞬一までが、暗く陰気な私より、陽気な乳母《うば》になついていた。春でも夏でも私の胸の中には木枯しが吹き荒れている。

一度も行ったことのない東北の町まで、キップを買ってしまった。婦人雑誌でただ一度読んだ芥川賞《あくたがわしよう》作家が、故郷のその町で病死したということしか知識がなかった。まだ未婚の時読んだその小説の、若い夫婦の初夜の性愛の清らかな描写が、処女だった私の心をどきどきさせた記憶があった。

何人もの人に問いながら、ようやく列車に乗りこんで窓際の席に落着いた時、すぐ隣の席に男が来て坐った。伏せた視線に映る男の腰から下の靴先までが、慎介に劣らない上質のしゃれたものだった。私は思わず身をちぢめ、出来るだけ窓際に寄り、男と距離を取りたがった。列車が走りだし、キップ切りの車掌が通りすぎた。昨夜、家を出た時から一睡もしていない私に、突如、睡魔が襲ってきた。

どすんと列車が揺れたとたん、目を覚ました私は、愕《おど》きと恥しさで声をあげそうになった。どうやら私はずっと隣席の男の肩に頭をもたせかけ眠りつづけていたらしい。膝には男のレインコートがかけられていた。

あまりの厚かましさに声も出ない私に、男はさっぱりした笑顔をむけ、

「お疲れのようですね、どちらまで?」

と訊く。二戸《にのへ》までと震え声で答える。

「ああ、ぼくも二戸で降りて、あと車で浄法寺《じょうぼうじ》という漆《うるし》の町へ行くんです。二戸は初めてなんでしょう。お宿まで案内しますよ」

「は、はい、まだ宿もとってなくて……」

男はちょっと口をつぐんだが、すぐ、

「じゃ、ぼくの常宿に御案内しましょう。旧くて殺風景だけれど、温泉がいいですよ」

私が言葉も出せず全身を固くしていると、男は目だけで笑って、どこからか携帯を取りだし、私に見えるよう自分の大きな掌にのせ、文字で囁きかけてきた。

「家出してきましたね。ぼくは探偵でも刑事でもない。建築の設計屋です。その温泉の建て直しを依頼され通っています。あなたはぼくの肩の上で、今夜、死んでやると寝ごとをつぶやかれた……」

全身が恥しさで震えた。私は携帯ごと男の大きな掌を自分の膝に引きつけて、ことばをしっかり携帯に打ちこんでいた。

「お供させて下さい。死ぬのはやめます」

犬の散歩道

新しい下宿は嵯峨《さが》の念仏寺の近くになった。犬をつれているので、いつも下宿探しには苦労をする。犬猫づれが可能な部屋は、とても部屋代が高くて手が出ない。これまで比較的長くいた九条山の下宿も、家主の女隠居が死亡し、アメリカから娘一家が帰ってきて、アパートは建て直すからと出されてしまった。どんなに困っても私には「よるる」を手離すことはできない。高校三年で教師に犯され、みじめな別れ方をされて以来、私にとっては肉親より心のより所として大切なのは、「よるる」だけなのだ。ミニチュア・ピンシャーの雄で、三・九キロの小型犬だ。黒い毛並のスマートな軀つきも気に入ったが、何よりもその目に一目で惹きつけられてしまった。じっと私の目を見据え、ものの問いたげに茶色の瞳を動かさない「よるる」のまなざしには、人間よりはるかに深い愛情がこもっていた。思わず口をついて出たまま「よるる」と呼んで以来、それが自分の生れながらの名前のように信じているようだ。

新しい下宿も九条山のように、犬の散歩道には不自由しなかった。朝早くなら、まだ戸の閉っている土産物屋通りをすぎ、閑静な寺の参道から畠道《はたみち》をぬけ、絵葉書にもなっている有名な竹林の道から、念仏通りの道に引返して下宿に帰ると、たっぷり四十分はかかる。私のダイエットにも丁度適当だ。

ある朝、必ず常寂光寺《じょうじゃっこうじ》の参道の辺りで出逢う男と犬に気がついた。ダメージジーンズを小気味よく穿《は》いた三十代の終りくらいの男。私より先に「よるる」が男との出逢いに期待するようになった。「よるる」の関心は専《もっぱ》ら男のつれた同類にあった。ミニチュア・シュナウザーで、グレイの毛におおわれたまるまっちい四角なフォルムの犬は、三・九キロの「よるる」よりちょっと大きめで、五キロはあるだろうか。「よるる」は私と一緒に暮しはじめて以来、およそ異性に興味があるらしいふりをしたことなどなかったのに、この雌犬に対しては、一目惚れしたらしく、尻っぽを振り廻し、きんきん喜んで、しきりに自分の存在を相手に見せつけようと弾みきってしまう。私ときたら、犬の飼主の方に「よるる」に負けず興味を惹かれてしまった。間もなく犬たちがじゃれあっている間、彼と私はさりげない話を交わすようになったが、それはいつも五分とつづかなかった。男はいつでも帰りを急いでいる風だった。わずかな会話から、犬の名は「ノエル」、男の名は川上敦史。老人性認知症の重い老母の介護の為《ため》、景気の好かった自動車製造会社を辞め、医学書の翻訳の下請けで、終日母を看《み》ているると知るようになっていた。笑った時の白い歯並びのすがすがしさと、長い指が、妙になまめかしくて気になった。父の生きている間から、男の誘惑を拒みきれなかった母のだらしなさを、どうしても許せなかった私は、高校時代の不始末も、自分の血の中に、母の淫乱が伝わっているのではないかと怯《おび》えるようになっていた。

勤めに出るようになっても、男好みの髪型や化粧をつとめてさけ、服装も地

味にした自分に、男嫌いの名がついていることも知っていた。そんな時、「よるる」を抱きしめて、

「いいよねえ、男なんかいなくて構わないよね、『よるる』は人間のように裏切らないし、嘘をつかないものね。私は『よるる』さえいたらいいの」

そう言って抱きしめると、「よるる」は答えるように、体を柔かくして全身を私にゆだね、くん、くんと甘え声を喉のあたりでだすのだった。その「よるる」が恋に夢中になったことは明らかに裏切りだったが、すでに私も毎晩、敦史の夢を見るようにと何かに祈りながら眠っているので「よるる」の心変りを責める資格はなかった。

敦史と「ノエル」の姿が突然、散歩道から消えてしまった時の「よるる」と私の落胆と憔悴《しょうすい》は言い様もなかった。町名も番地も知らない敦史の家は探しようもなかった。ある朝、民家の並んだ知らない町並に迷いこんだ時、通りすがりの路地の奥からいきなり飛びだしてきたのは「ノエル」だった。狂ったようにもつれあって歓喜する二匹の犬の上に、突然、疳高《かんだか》い女の声が落ちた。

「『ノエル』！　やめなさい！　どこの野良犬だかわかりやしないそんな犬と」

私は怒りを必死で抑えながら女に言った。

「あのう、もしかして川上敦史さまの奥さまでは？」

朝から化粧の濃い女は驚いた目を私に向け、けろりと言った。

「敦史は私の兄ですわ、先日、交通事故で亡くなりました。病気の母を病院へ運ぶ車がトラックに当てられたのです」

言いながら女の目には、見る見る涙がもりあがった。

私は敦史の死に驚愕《きょうがく》し悲嘆にくれる前に、不意に腹の底からつき上げてくる歓喜に似た熱い情をもて余していた。

女が敦史の妻ではなかったということだけに心がやわらぎ、こみあげてくる微笑を歯に嚙みしめて押えこみ、「よるる」に、「さあ、行くのよ」と目で告げ、その場から走りだしていた。

盆踊りの夜

父の体調がよくないというので、久しぶりに帰郷した。父は呑みすぎで転んだと言うだけで、照れくさそうに、転んだ時何かにぶっつけたらしい鼻の頭を指さした。

「傷しとるか？　赤《あこ》うなっとるだろ」

「どうもないよ、その年になっても鼻って衰えないんだね、唇や目のまわりはくっきり年が刻まれるのに」

俺に代わって聟養子《むこようし》を迎え、古美術商の家を継いでいる妹の沙苗が、顔をのぞかせた。さっぱり化粧して藍の立った浴衣《ゆかた》を着つけている。

「踊り見にいかん？　それとも久しぶりで踊りたい？　踊るなら、懇意な連に入れてもろたげる」

行って来いと、父がけしかける。妹の夫は、その連の中で鉦《かね》を叩《たた》いているという。妹が出してくれた糊《のり》のきいた浴衣に着かえて、四歳の甥《おい》を肩車に乗せ出かけた。

外に出ると、急に盆踊りのはやしの音が賑やかに軀に慕い寄ってきた。子供の時から耳にしているというより、全身に沁みこんでいる、素朴で華やいだ三味線や太鼓や鉦のリズムが、下腹部から慕い寄ってきて、何となく全身がむずがゆく浮かれてくる。父の隠居所から、見物の桟敷まで、歩いて七分とかからなかった。

ピンクや赤の腰巻の上に、浴衣を短く着て黒じゅすの帯をきりりと締め、深く編笠《あみがさ》をかぶった、女踊りの装いの若い女たちが、何がおかしいのか、身をよじりながら笑い声と共に、横を通り過ぎてゆく。いつ頃からか、各町内でそれぞれ踊りに出ていたのが、町の三ヶ所ほどに大きな見物用の桟敷を組み、広い道の両側に、ぎっしり他県からの見物人が居並ぶようになった。踊りの連中は、二百メートルはある中央の踊り場を、両側の桟敷から見られながら踊ってゆく。結構な晴れがましさが嬉しさを誘い、男も女も浮かれてきて、精一杯に踊るのであった。家族や知人が思いがけない所に居て、声をかけたりすると、つい笑顔になって、声の方に踊り寄ったりしてしまう。

「踊る阿呆《あほう》に　見る阿呆

同じ阿呆なら

踊らにゃ損、損」

歌が入ると、いっそう足も腰も弾んでくる。

「うわあ！　何てきれいな人！」

沙苗が黄色い声でため息まじりに言う。

「ほら、右の桟敷の上から三段目！」

それだけで俺にはその女が目に飛びこんできた。モデルでもしているのだろうか、髪型も化粧も殊更にあたりを圧していた。何よりも、女の見るからに爛熟した軀に皮膚のようにぴったりとまつわりついている鮮やかな瑠璃色《るりいろ》のチャイナドレスの輝き！　たしかにそこだけ特別の照明が当って輝いているように見えた。俺は思わず音がしたかと思うほど、ごくりと唾をのみこんでいた。沙苗がひくい声で訊く。

「へえ、知っとるん？」

「知るもんか、あんなハーフ」

「ハーフ？」

「オランダ人と日本の女のハーフだ」

「ほうら、やっぱり知っとるんじゃ……あ、向うでも気がついたみたい」

俺は沙苗を目でうながし、小さな甥の手を二人で両方から引っ張って桟敷の外へ出てしまった。

あの頃、歌手の卵だった瑠璃が歌の吹きこみに通っていたスタジオで、俺は機械の調節係りだった。

瑠璃は情熱的で、その都度、俺は圧倒された。半年とたたないうちに、妻と離婚して結婚してくれと言いだした。三人めの子を妊《はら》んでいる妻や子と別れるつもりは全くなかった。泣いたりすねたりする瑠璃が、次第にうっとうしくなり逃げ腰になった俺に、別れの宴《うたげ》をするから今夜だけはつきあってくれという。

その夜、瑠璃が着てきたのが、輝くような瑠璃色のチャイナドレスだった。あまりの美しさに、思わず別れる決心がゆらいだほどだった。上海《シャンハイ》の宝石屋と縁が出来、結婚して上海へ渡ると言った。俺はその話をほとんど信じていなかったけれど、信じている顔をしているうち、ほんとに涙がこみあげてきた。

もう十年も前のことだ。あの頃は腰も脚もきゃしゃだった。今夜のように豊満ではなかった。

「あの人、兄さんとわたしを夫婦と思うたんとちがう？」

「まさか」

にべもなく言ったつもりの声が震えていた。瑠璃は俺の阿波踊《あわおど》りを好きで、よくせがんだのを思いだした。

「女の隣にいた男は、ここの人間か？」

「ええ、駅前の薬屋の主人で、女に目のない男やって評判よ」

俺はしがみついてくる甥を軽々抱きあげ、また肩車をしたまま、急に足を早めた。

通りすぎる路地の奥からもぞめきの歌声が洩れていた。

浮《うき》舟《ふね》

バーの木の扉が開いた気配がした。カウンターの椅子から振り返った哲也は、思わず掌の中のグラスを取り落しそうになった。そこにはここ半年、探し需《もと》めて、身も心もさまよわされている桐子《きりこ》がいた。能面のように動かない表情のまま、真直ぐ哲也を正面から見たが、その視線はどこかに放たれていて、哲也の顔をす通りし、何の反応も見せなかった。

桐子の肩をやさしく背後から抱きしめるようにして、その細い軀を支えている男は、桐子のケータイの中でちらっと見せられたことのある桐子の夫の間島に違いなかった。隙のない服装に包まれた間島は、いかにも銀行で順調に出世していく男のように、単調で真面目そうに見えた。

桐子は哲也に目もくれず、そこが決まりの自分の席のように、哲也の隣の椅子に坐ろうとした。哲也は時が逆行して半年前に返ったように感じた。その椅子に置いてあった自分のバッグをあわてて引き寄せた。

「すみませんね、厚かましくて。実は……家内は半年前に交通事故にあいまして、頭に障害が残りました。きっと、妻がぼんやりしていたのでしょう。ハイ、まだ裁判中ですが……」

「それは大変でしたね」

哲也は、胸に湧いた動悸《どうき》を気づかれまいとして息を大きく呑みこんだ。言われてみれば、他人より表情の豊かさが魅力だった桐子が、この店に入った瞬間からずっと、冷たい表情を固まらせたまま、糊を張ったような動きのない表情を保ち続けている。

肘をついた片手で、桐子がちょっと指を振ると、若いマスターが心得た調子で、黒ビールを分厚い大きなグラスに満して、女の前に置いた。哲也はさらに愕いて高鳴ってくる胸を鎮めるのに大きな息を呑みこんだ。

　はじめてこの店で逢った時、時間が早かったせいか、客は桐子ひとりだった。マスターは今のマスターの父か、叔父《おじ》のような年配だった。女は黒ビールを半分呑んで、残りの半分入った分厚いグラスを両掌でもてあそぶようになぶっていた。哲也は一目で惹かれてしまった自分好みの女の魅力に撃たれながら自分も「シメイの青」を注文した。老マスターが目の廻りに濃いしわをよせ、ウインクした。

　哲也の呑みっぷりの速さにマスターがちょっと愕いた表情をした。哲也は次にラフロイグのロックを注文したついでのように言葉をつづけた。

「こちらに一杯さしあげてもいいですか？」

　マスターより隣の女がビクッと背をうねらせ、哲也の顔をまじまじと見つめた。その目に愕きはあっても拒否の色のないことを確めた哲也は、自信のある声でマスターに言った。

「ロングアイランドアイスティーをこちらに」

マスターは薄笑いを口許に抑え込んで無表情を装い、哲也にだけわかる承知をしたという合図を返した。女の前に濃い紅茶色の液体が細長いグラスに入れられて差し出された。

「コーラで割ったお酒ですから呑み易いです。どうぞ」

女はちょっと首をかしげて思案するふりを見せたが、グラスに口をつけ勢いよく呑みはじめた。

マスターが哲也に先ほどとは違う快哉《かいさい》のウインクを見せた。

女殺しの酒を初めて逢った女にすすめた哲也の女たらしぶりに拍手するウインクだった。

たちまち酒の廻った女は店を出る時、哲也にしがみつかなければ歩けなかった。

それ以後の二人の関係はいつも哲也が女と辿《たど》る道順と変わらなかったが、哲也にとっては、これまで味わったことのない執着を桐子に覚え、文字通り、溺れきってしまった。桐子に夫がいることは、はじめての日から聞いていた。子供がないこと、子供が期待できる程の性を夫と共有したことがないこと。それ以外では別れるほどの欠点は、何ひとつないこと。桐子の母は桐子と父を捨て男に走り、以後行方不明のままだとか。何を聞いても哲也は桐子の話のすべてをのみこんだ。デートはいつも桐子の時間に合わせた。逢えない日は互いに一日に十回もメールを打ち合った。そのメールが突然桐子から途絶えて半年も経っていたのだ。

桐子の夫はペリエを呑み、桐子にはいつものと注文した。運ばれたのはロングアイランドアイスティーだった。表情も変えずそれを呑みきった桐子は立ち去る時、はじめて哲也の顔を見つめ「うきふね」とうわごとのようにつぶやいた。「浮舟」、それは哲也が担当していた作家の『源氏物語新訳』の助手をしていて、桐子にせがまれて、その時、訳がたどりついた浮舟の話をくわしくしたのだった。身投げした若い浮舟が死にきれず、記憶喪失を装って生きつづけた話を、桐子はひどく気に入っていた。二人の男に身を任せた浮舟……思いがけない涙がこみあげるのを哲也は止めようとしなかった。桐子は今、記憶喪失を装っているのか……まさか。

さよならの秋

瑛太《えいた》へ

ＬＩＮＥ三回送ったのに、全然既読にならない。ということは無視してるよってことね。瑛太は他の女に気が散った時は、かえって、日に二度も三度もＬＩＮＥくれたよね。あっ、過去形使っちゃった！　ま、いいか、私にとっては、もう瑛太は過去の人。

ごめんね、私、瑛太以外の男、好きになっちゃった！　毎日ワイワイデモに出てるのにってあきれる？　もちろん、相手はグループの一人よ。そんな男のこと、瑛太には興味ないでしょ。とにかくこれはお別れの挨拶。

秋って別れの季節っていうじゃない？　知らないって？　瑛太には季節なんか無いしね。記憶は、別れた女の言動だけ。十九の春から二十一の秋まで、ほんとにありがとう。ずうっと、好きだったよ。想い出いっぱい。忘れないと思う。楽しい風景や美味《おい》しい食事よりも、期待に反した、ひどい宿や、つまんない風景に笑ったり、あきれたりしたことが、今になっていっぱい胸にわきだしてくるのって不思議。そうだ、ほら、四国の山奥の吊橋《つりばし》で瑛太の脚がすくんじゃって一歩も渡れなかった時の、おどろき!!　ラグビーであんなに走り廻れるのに、高所恐怖症だって白状した時の瑛太の子供のようにはにかんだ無邪気な顔つき。思わず人目がなかったら抱き締めたくなった。

温泉だけはまあまあだったけど、料理もコーヒーも不味《まず》いあんな山の温泉宿が妙になつかしいのが不思議。別れるとなると、けんかしたことだってなつかしくなるのはどうして？　瑛太はいっぱいいっぱい女と別れてるからその理由もわかってるでしょ。

どう考えても、私は瑛太のこと今でも嫌いじゃないみたい。でも、別れよう、別れたいの。瑛太に散々バカにされながら、今度のデモにＳＥＡＬＤｓに参加して出るようになってから、人生観が変っちゃったの。だって今の総理の断行しようとする戦争法案が通ったら、瑛太も戦争に引っ張られるのよ。女だって召集されるのよ。私たちの未来はつぶされるのよ。そんなのイヤ、絶対イヤよ、瑛太は戦争は、する国が儲《もう》かるからするので、今、戦争したって儲かる国なんてないから戦争はおこらないよって言ってたわね。瑛太の言うことを百パーセント信じてた私は、それですっかり安心してたけど、そんな気楽なこと言ってられる世情じゃないみたいよ。

今、好きになった涼は、このまま今の政府の好きにさせれば、アメリカのお尻にくっついて、私たちは、戦場で殺されるはめになるって言ってます。私も段々そんな気がしてきた。今が楽しくて、未来なんてゆっくり考えたこともなかったけど、私たちって、今日生きてることが当り前で、明日も今日と同じ日が来ると思ってるけど、明日、生きてるかどうか誰にもわからないよね。洪水が押し寄せたり、眠ってる筈の火山が突如火を噴いたり、地震や津波で町も人もさらわれたり……考えるとぞおっとすることばかり。涼は言うの、「愛なんて誓えないよ。だって、自分の命も保障されてないんだもの……」って。

瑛太は笑うけど、デモってる時って軀の中が透明になって、自分のことなんか無くなっちゃう。みんなで生きようよって、高揚した気分が軀いっぱいにみなぎってくる……瑛太、わかって。私は瑛太のきらいなデモに行きつづけます。涼を見失いたくないの。「女心と秋の空」ってへんな歌、お酒呑みすぎて死んじゃったアル中の父が、酔うとよく歌ってたっけ。私が居なくなっても瑛太には女の子がいっぱい寄ってくるから平気よね。どうして別れを告げる私の方がこんなに淋しいの？　ほんとに人の心って、いえ、自分の心の奥なんてわかりっこないよね。

わあ、もうこんな時間。ごめんね、おやすみなさい。いい夢を見て……。

春香《はるか》

ふるさと

どうしてこんなことをしてしまったのか、じぶんでじぶんがわからなかった。ながい夏休みの終るころ、あすかお姉さんが見せてくれたきれいな大きなえ本、そのなかにあった一本松のさみしそうな顔、松の木に顔なんてあるわけないのに、ぼくにはどうしても一本だけぽつんと立っている松が、さみしくて泣きがおしてるようにみえた。ぼくはその松のいる町に生れた。家はむかしから、しょうゆをつくっていたそうだ。大きな白いかべの倉があった。ぼくが生れた年に死んだじいちゃんの顔はしらない。髪のまっ白なばあちゃん、背の高いとうちゃん、いつでも笑顔のかあちゃん、ぼくよりずっと利口そうなにいちゃんの顔はよくおぼえている。妹のるりちゃんはまだ一歳だったので、顔もよその赤ちゃんとかわらなかった。でも、ぼくが顔をちかづけてバアというと、にこにこした。ぼくはるりちゃんがかわいかった。ぼくの家のあった町は、「陸前高田」という所だと、あすかお姉さんがおしえてくれた。その字もおしえてくれて、「おぼえておくのよ。ここが未来《みき》ちゃんのふるさとよ」といった。「ふるさと」ってことばも、そのとき、しっかりおぼえた。町の前は、広い海になっていて、七まん本の松がみどりの壁のように立っていた。子どもたちはみんなその松林で遊んで大きくなった。

あの恐ろしい大つなみで、町も家も人も、七まん本の松も、みんなみんな、さらわれてしまった。気がついたら、ぼくは病院にいた。ばあちゃんもとうちゃんもかあちゃんも、ようちえんにいっていたにいちゃんも、かわいいるりちゃんも、みんな、松の木とおなじようにつなみにさらわれてしまったのだと、かんごしさんがいったけど、ぼくにはさっぱりわからなかった。だって、ぼくはまだ四つだったんだもの。かぞくがみんな波にさらわれたのに、なぜぼくひとりがのこされたんだろう。何十ぺんも何百ぺんも考えてみたけどそれもわからない。泣きたくなったら、ぼくはおなじように一本だけ仲まはずれにのこされた一本松の下にいって、松にだきついて泣いた。松もいっしょに泣いてくれた。

仙台で高校の先生をしている浩二おじさんがぼくをむかえにきて、家につれてってくれた。おばさんもあすかお姉さんもやさしいので、つらいことはなかった。この家にいるのはいやじゃない。でも、ぼくはやっぱり、ここはじぶんの家ではないとずっと思っている。七まん本の松も家もすっかり海にさらわれてしまって、一本松と大きな倉だけがぽつんと残ったはだかの町になったあのふるさとがなつかしい。

あのとき四歳だったぼくは、今は八歳になって小学二年生だ。あすかお姉さんは去年東京の大学へ入ってこの家にはもういない。夏休みもアルバイトするといって帰ってこなかった。

ぼくは貯金箱をこわして、こっそり家を出てしまった。ようくしらべておいたので、新幹線に乗ったり、バスに乗ったりして、「ふるさと」にたどりついた。一本松がぼくをまねいていた。ぼくは夢中で走りよった。町はまだ、元のように家がほとんど建っていなかった。

じゅんかいのおまわりさんにつかまって、ぼくは交番につれていかれた。そこにいた年よりのおまわりさんが、いろんな質問をぼくにしているうちに、とつぜん、「ああ、やっぱり佐《さ》の家《や》のぼんか。こんな日が来るかもと、ずっと思っていた。ぼんに渡すものがあるんだよ」

といって、机の引出しの中から、ぼろぼろになったアルバムをだしてきた。それはぼくの家の倉の中で、水びたしになって残っていたものだという。

アルバムの写真は、ほとんど水でぼろぼろになっていたけれど、一枚だけ、家族みんながそろって、記念写真をとっているのが、きれいに残っていた。もうぼくの頭の中で薄れかけていた家族の顔を、くっきりと思いだした。背中がふるえて涙があふれてきた。おまわりさんが仙台の浩二おじさんに電話をかけている。

ほくろ

研哉《けんや》が病院のエレベーターで一階へ降り、廊下へ出た時、たまたま長い廊下を通ってきたらしい一台のストレッチャーが、隣のエレベーターの中へ入ろうとしていた。看護師や医者が仰々しく取り囲んだストレッチャーの上に重い手術の終ったらしい病人が仰向けに寝かされて身じろぎもしないでいる。病人の血の気《け》のない顔は、長い髪がかきあげられて、背に敷かれているせいか、むきだしになっていた。何気なく視線をあてていた研哉の目が、はっと吊《つ》り上りそうになった。研哉の側から見た病人の左の目尻の下に、絵具で描いたような黒いほくろがありありと浮んでいる。

「取りたいんだけど、易者が、このほくろは取ると不運がくるというから取れないの」

潤子が、はじめて寝た夜から、何度も口にした言葉だった。ほくろの馴染む体質なのか潤子の軀にはあちこちにほくろが散らばっていた。色の白いせいか、黒いほくろは小さくても大きくてもよく目立った。潤子自身の見えない秘所にもそれはあった。

フラメンコの踊手の潤子は、外国の公演先から、東京へ帰りつくなり、研哉と逢いたがる。潤子は、いつでも愛戯に飢えていて、前戯さえ拒んだ分、後戯の時間を長々と需《もと》めた。正直、それは退屈で面倒臭くさえあった研哉は、退屈しのぎに、ほくろが、ここにもある、あそこにもあると、嘘をついて、潤子の目には見えない場所ばかりを小指で突っついた。潤子ははじめのうちは、それをすべて真に受けていたようだが、ひとりになって、どういう姿勢でそれを確めるのか、みんな研哉のでまかせだと悟るなり、怒る代りに、そんな研哉に益々熱をあげた。

東京に帰っても二、三回は、潤子のグループのフラメンコの公演がある。

結婚している潤子の家庭は埼玉にあり、夫と、認知症になった舅《しゅうと》がいる。舅は大方昼間は眠っていて、夜になると徘徊《はいかい》するので、目が離せない。潤子の舞台の踊り姿に惚れこんだ夫は、潤子が結婚しても舞台を止めないという条件を呑みこんで結婚にこぎつけてしまった。娘が一人生れたが、三つになる前に病死してしまった。娘の為に踊りを止めようかとさえ思ったほど、娘を愛していただけに、娘の病死は潤子を鬱病にするほど苦しめた。鬱病から救ってくれたのはやはりダンスであり、その頃呑み屋で知りあった研哉との情事だった。

研哉はある老作家の小説に、ダンスを教えている女の軀が、性戯の際、普通の女とは違うとあったのを覚えていて、ダンサーの、それもエロチックなフラメンコダンサーの潤子の軀はどうちがうのかという興味だけで関わりを持った。本気で愛していた妻に裏ぎられ、男と逃げられて以来、研哉は女という女に真心でつきあうことは出来なくなっていた。

潤子の不用意からメールを読まれてしまい、夫が陰気な声で研哉に電話をかけてきた。潤子と別れないなら、裁判にかけて慰謝料を取るという。会社にも訴えるとか、毎日脅迫されて、夫と別れるから結婚してくれという潤子に、愛想づかしをして縁を切ってしまった。夫とは別れ、スペインへ行って死ぬまで踊り一筋に向うで暮すなどと書いた最後の手紙を受け取って以来、研哉は心から潤子の想い出をかき消していた。

一度だけ会社まで押しかけてきて会ったことのある潤子の夫が、人前も構わず、ストレッチャーに取りすがり泣いていた。まるでそこに他の人間が居ないかのように、泣きながら潤子に向って声をふりしぼっている。

「潤子！　死ぬな、乳など二つとも失《な》くなったって、潤子は立派な潤子だ！」

掌に潤子の乳房の感触を思いだそうとしたが、不規則な食生活と酒の呑みすぎで入院する程糖尿病が悪くなり、掌まで肥りきった研哉には、その感触は全く思いだせなかった。ただ左の乳首の下にあった黒い鮮やかなほくろだけが、瞼の奥にありありと映し出されてきた。

島へ

コンビニの入口から正面の、壁の大時計が深夜の一時半を指している。彼の現われる時間だ。カウンターの中の依子《よりこ》は、何となく胸が熱くなってきた。案の定、自動ドアが開くと、外の寒気を道づれに男が突風のように飛びこんで来た。

依子がこのコンビニに勤める前からの常連客で、店主や他の常連客からは「ロクさん」と呼ばれていた。六郎が本名だそうだ。決って深夜の同時刻に飛びこんで来ると、雑誌コーナーのガラスの壁に貼ってある遊園地の広告ポスターをしげしげと凝視してから、漫画週刊誌をパラパラめくっては、チッと舌打ちし、辛口のジンジャーエールを一本買っていく。漫画雑誌とジンジャーエールで三百九十五円。たまにそれより高い買物でも五百円を越すことはめったにない。いつでもよれよれの服装で頭髪は面倒臭いと、突然一分刈りにしてしまった。するとかくれていた若さがむきだしになって、自分より若かったのかと、依子は目を見張った。

珍しく客のとだえた夜、いつものように、例の広告ポスターに見惚《みと》れていたロクさんに依子からはじめて声をかけた。

「あの影絵のポスター、そんなにお好き？」

「いいよ、あれ、深いんだよ。作者の心が深いんだな！　見飽きない。それに影絵って珍しいし」

「あのう、あれ、わたしの作品なんだけど……」

「ええっ、きみがあれの作者だって？」

六郎はいきなりカウンター越に依子の肩を摑むと、力をこめてその上体をゆすった。

「すっごいなあ、才能だよ！　どうしてこんなとこでアルバイトなんかしてる？　時間が勿体《もったい》ない」

「こんなもので食べられません」

男は黙ってしょげた顔になり、うなずいた。

その日から二人はすんなりと親愛感を増していった。

三ヶ月後、依子は三十三の誕生日に、はじめて六郎を、自分の部屋に誘った。

約束の時間より一時間近くも遅れて飛びこんできた六郎は、ものも言わず依子を抱きしめるとそのまま踊りだした。ミスター・チルドレンの「フェイク」を口ずさみながら踊りまわる。細長い１ＤＫの部屋は、食卓にもパソコンデスクにも影絵の制作に必要な色とりどりのセロハンやケント紙やカッターナイフや大小の鋏《はさみ》などが散乱し、天井からも様々な材質で作られたモビールが下っていた。踊る場所もないのですぐ二人は抱きあったまま、何かにつまずきどうと、その場に倒れてしまった。

別に用意した丸テーブルに食事の皿が並べられた。二本のワインと温かいバゲット、安い豚肉のパテは、六郎の持参。依子の作った山盛の野菜サラダと魚介類たっぷりのパエリアを、六郎は旺盛な食欲でたいらげてゆく。ふっと沈黙が二人の間に流れた。依子がそっと片掌《かたて》を六郎の方に伸した。その掌を両手で包みこみながら、六郎が静かな口調で言った。

「あのね、実は今日、突然、おれの漫画が、S社の新人賞をとったのよ」

「ええっ！　それはおめでとう！」

「うん、それで、やっと五島列島の家に帰る決心がついた。実はおやじが若年性アルツハイマーになって、おふくろがもて余して、そっちも倒れそうなんだ。姉も妹も嫁に行ってるしさ、おれ漫画の才能だけはあると自分で思ってたんだけど、今日、ようやくそれが世間から認められたから、もういいんだ。これからは島の子供たちに、紙芝居でも描いてやって暮すよ」

「そんな……」

依子はそれ以上、声がつづかない。六郎持参のワイン二本は空になっていた。依子が用意しておいたワインを黙って六郎のグラスについだ。突然、六郎が言った。

「どうしていつも化粧しないの？」

「不細工だから……」

「ばっかだなあ！　とても個性的できれいだよ、耳なんか食べてしまいたいくらい……」

六郎がテーブルを廻り依子を背後から抱きしめ、依子の耳に唇をあてた。依子は身もだえして、六郎にされるままになりながら、うわ言のように言いつづけた。

「わたしも行く。五島列島へ行く。六郎といっしょに行く……子供たちに影絵の紙芝居を見せに……」

ベルリン純愛死

先生、例により大変長い御無沙汰申しわけございません。御病気のお見舞もろくに出来ていず、おわびの言葉もありません。実は先日谷さんから御連絡しましたように二〇一五年九月から一年間、ベルリンのフンボルト大学経済学部で在外研究を行う機会に恵まれ、谷さんも同行するということになり、珍しく、毎日はしゃいで笑い声の絶えない日々を送っておりました。御承知のように私たちは結婚したとはいえ、籍も入れず披露宴もしないような有様で、結婚前と同様、私は神戸の大学に引きつづき勤め、谷さんは徳島で新聞社を停年になった後も、任される仕事が多く、徳島に在住しつづけました。結婚以来、二人の住いとして新しいマンションに家庭を作ったものの、土、日、祝日しか私はそこで暮さず、毎朝、別居している谷さんが必ず、電話で寝坊の私を起してくれる習慣がつづいていました。

谷さんが神戸の私の部屋に来た日は、たまった洗濯を片づけてくれ、風呂場からトイレまで徹底的に掃除して、靴まで磨いてくれてありました。どちらが主婦かわからない暮しぶりは、先生も御承知のことと存じます。

三十余年前、先生が六十歳を記念して、故郷に恩返しをすると思いつかれ、私塾を開いて下さいました。その時の塾生として五十人の中に選ばれた私は、神戸から日帰りで通いつづけました。

その時、先生を応援する意味で新聞社から派遣されたのが谷宏さんでした。端整すぎる顔のせいか、いつでも気難しそうで、笑顔など見せたことのない谷さんを、ほとんどが女の塾生は恐れうとみ、五人しかいない男の塾生は、露骨に反撥《はんぱつ》していました。

塾が始って半年も過ぎた頃でしょうか、帰る頃、大雨になってしまったのです。今夜は実家に泊ろうかと思いあぐねていた私の前に、一台の車が停まり、中から谷さんが出てきて、有無をいう間も与えず、車の助手席に連れこまれてしまいました。あの頃、まだ鳴門大橋《なるとおおはし》もかかっていず、徳島、大阪間には空の便がありました。車は真直ぐ雨を切りさいて徳島空港へと走りつづけました。それ以来、私はいつも塾の帰りは谷さんの車に送られ、口数の少い二人の間にも、会話が少しずつ交わされていったのです。

頭取だった父の神戸の銀行がつぶれ、母の実家の徳島へ家族一同で身を寄せて以来の、打って変った家の不幸を、七歳ながら私は身に沁みて感じとっていました。私が大学でも文科を選ばず、経済を研究しつづけているのは、そのせいです。谷さんは、口の重い私からそんな話を聞きだし、

「わかった！　やるんだよ。決めたことは何が何でもやり通すんだ。岡田千加子が経済学者になり、大学教授になるのをぼくは助け通すよ。それをぼくの生涯の生き甲斐《がい》にする！」

とつぶやいて、私をびっくりさせました。

その後の成行は、先生の御承知の通りです。失望のままの父に先だたれた母を説得するのと、それまで谷さんをペットとして熱愛しつづけていた新聞社の美人で有能な女性上司との別れに、それぞれ時間をとられましたが、二人はとにかく夫婦となり、実質的結婚をとげました。土、日、祝日だけ逢う暮しはその後もつづき、私は勉強に追われ、谷さんは外語でドイツ語を選んでいたのでその頃からドイツの童話と民謡の日本語訳をぽつぽつ始めていました。そしていつの間にか新聞社も停年になっていました。今年六十八歳で、一廻り年下の私も五十六歳になっています。塾を六十歳で始められた先生が九十四歳になっていられるのですもの……

先生！　前のお手紙書きさしのまま、緊急事態に追われてしまいました。

先生！　夫の谷宏は、ドイツ・ベルリンの病院にて、一月四日二十二時（ドイツ時間）、命を落してしまいました。

出発前、突如がんが発見され、胃を三分の二もとる大手術をした直後なのに、どうしてもと本人が望み、ドイツに来たのがやはり無理だったのです。私が殺したのです。聞いて頂きたいことが山ほどありますが、今は書く気力もありません。先生、谷宏のため、どうか祈ってやって下さい。

十五日になって棺《ひつぎ》を掩《おお》う時も、それはおだやかな美しい顔をしていました。ベルリンのマンションでの水の買い方、運び方、ゴミの捨て方、彼が急いで教えて逝ってくれたおかげで、どうにか私はドイツでも生きています。切ないです。死後に聞いたのですが、谷さんはこちらの日本人のドクターに、はじめから、死を覚悟してドイツに来たと告げていたそうです。死ぬことになっても最後の旅を私としたかったのです。死ぬ直前にはドクターに廊下に呼ばれ、腫瘍《しゅよう》マーカーの数値が日本にいたときの十倍になっていると告げられました。それから一時間半くらい、二人だけの時間でした。完全に二人だけの時間でした。力をいれればこわれる高貴な宝物のように、私はやさしく、やさしく全身を撫《な》でつづけました。閉じた目から涙を一筋滲《にじ》ませながら、谷さんは嬉しそうな笑顔をつくってくれました。

谷さんの願いは、私が在外研究を全うすることですので、心をこめて徳島で谷さんを送った後、ベルリンへ戻り研究を続行します。谷さんが命をかけて作ってくれたベルリンの生活を、再開します。たったひとつのお願いです。どうか彼のために先生の弔辞をお恵み下さい。告別式に私が読ませて頂きます。

解説――小説と人生

井上荒野

読んでいると落ち着かなくなる。一編が五ページ程度の短さなのに、途中でページをめくる手が止まる。続きを読むのがこわく、ときにつらくなるのである。これは賞賛の言葉だ。楽に読めない、安心して読めない、読んでいると消耗する。そのような読書体験は、すばらしい小説を読むときにこそ訪れる。読者レビューで、自著について「サクサク読めました」と書いてあるのを目にすると――たいていの場合それは褒め言葉のつもりで書いてくれているのだが――がっくりする。その読者の心には、何の波紋も残せなかったのだな、と思うからだ。本書は、絶対に、決して、サクサクとなど読めない。

愛と性を綴った掌編集である。各編の中で「一瞬」が光を放つ。かかわりを持った男と女の間に訪れた、とくべつな「一瞬」。恋情、欲望、喜び、悲しみ、希望、あきらめ、嫉妬、後悔……。飛んでいる小さな虫をパッと捕まえるように、あるいは、捕まえてみたら、それはとてもめずらしい蝶《ちょう》だった、というふうに、それらの一瞬が切り取られている。

たとえば「歯ブラシ」。実力と気力に満ちて人生を謳歌《おうか》していた男が、ある女と恋仲になり、その女がある日、自分用の歯ブラシを、男の部屋に持ち込む。男は思わず言ってしまう、「そんなこと、やめようよ」と。その言葉のナイーブさと残酷さ。男の部屋を飛び出した女は、電車にひかれて死ぬ。そして時が経ち、すべてを失った男が、「一度も使われなかったピンクの柄の歯ブラシ」を、「なぜか捨てられないでいる」という切なさ。

あるいは「夜の電話」。寂聴《じゃくちょう》さんを彷彿《ほうふつ》とさせる女性作家の家に、ある夜、かかってきた電話の語りだけで綴られる。「私たちだってもう九十一やものね」と言うその電話の女は、作家のかつての同級生らしく、旧友たちの来し方や現在について、知っていることを延々と喋《しゃべ》る。そうして、その他愛のない噂話《うわさばなし》の最後に、彼女が女学生だったとき、出征する若い教師と「熱烈なお別れ式してしまったのよ」という出来事をふっと打ち明ける。その鮮やかさ、その色っぽさ。彼女が電話の最後にそれを口にしたこと、でもきっと彼女はそれを言うためだけに電話をしてきたのだとわかってしまうことが、読み手の心を強い力で摑んで、彼女の人生の中に引きずり込む。

登場人物たちのプロフィールや境遇に、自分と重なるところはほとんどない。にもかかわらず、どの掌編を読んでも、抉《えぐ》られる感覚がある。なぜだろう。ひとは、無数の一瞬でできあがっている。小説が描く「一瞬」が、自分の中のあるひとつの「一瞬」の記憶と繫《つな》がるからではないか。忘れていたこと、忘れたつもりになっていたこと、思い出したくないこと、考えないようにしていたことまでが、掘り返されるからではないだろうか。

どの掌編も、恐ろしいほどの緊張感を携えている。その印象はたぶん、寂聴さんが使う言葉の強度と関係している。言葉は平易で、むしろやわらかく、難解な表現とも無縁だ。にもかかわらず、言葉のひとつひとつがきりきりと立っている。言葉に対する神経の使いかたが、掌編だからこそよくわかる。一語、一語、それを使う意味を熟考されて選ばれた言葉でこの掌編はできている。

あからさまな性描写はないのに、多くの掌編に、むせかえるようなエロチシズムがある。それも、そこで使われている言葉が、その物語に登場する、その女、その男の、その瞬間のためだけに選ばれた言葉であるからだと思う。

「犬の散歩道」では、ある女の一人称で、自分の娘時代の恋愛が「高校三年で教師に犯され……」と綴られる。読み手は「犯され」という言葉にまずぎょっとさせられ、ページを繰りながら、その言葉をあらためて吟味することになる。それは文字通りの意味ではなく、相手の男のくだらなさや、そんな男に引っかかった自分への後悔と侮蔑をあらわしているのだ。そしてラスト、語り手の女は、ほのかな思いを寄せていた男といつもの散歩道で会えなくなったのは、彼が不慮の事故で死んだせいだと知るのだが、それを告げた女が男の妻ではなく姉だとわかって「心がやわらぎ、こみあげてくる微笑を歯に嚙《か》みしめて押えこみ」犬を連れて走り出す。ここまで来て、読み手は、「犯され」という言葉に女の性根や人間の業のようなものまでが込められていたことに気づくのだ。

寂聴さんは出家する以前の七年間、私の父（小説家の井上光晴《いのうえみつはる》）と恋愛関係にあった。世に言う「不倫の関係」である。

その七年は、私の五歳から十二歳の月日に重なる。けれども私は、大人になるまでそのことを知らなかった。七年という具体的な数字と、その期間のことをあらためて認識したのは、つい最近のことになる。というのは、私が育った家庭は、少なくとも子供の理解が及ぶ範囲では、まったく平和だったからだ。父は寂聴さん以外にも、常時家の外に恋人を作っている男だったが、そのことで母が泣いたり怒ったり、暗い顔をしたりすることはなかったし、その気配も感じられなかった。寂聴さんは出家後、我が家にいらしたこともあり、母とは友人と言っていい仲になり、その関係は父の死後も続いた。それはなぜだったのだろうと私は考え、父と母、寂聴さんの関係をモチーフに、『あちらにいる鬼』という小説を書いたが、執筆中には何度も寂聴さんにお目にかかって、父との間にあったことを聞いた。「なんでも喋るわよ」と寂聴さんは請け合ってくださった。そのほかに、寂聴さんの著作を読み返し、来歴を綴ったエッセイなども漁った。

そのような事情のもと、本作を読むと、「あっ」と思う掌編が幾つかある。「妻の告白」では、「八年にわたって一人の男を共有しあっていた妻と愛人の関係」の、「妻の私から夫の愛人だったあなたへの初めての手紙」の文面が綴られる。舌癌《ぜつがん》を患った男は死ぬ間際、妻に紙と鉛筆を要求し、「逢いたい、約束した。呼んでくれ」と書く。その願いを自分は叶えなかったと、男の三周忌の法要を終えたタイミングで、妻は愛人に告白する。

「ふらここ」もまた手紙だ。差出人である女は宛先の女流作家に向けて、あなたの小説「ふらここ」に登場する男はK・Iさんでしょう、と断じる。そしてK・Iが主宰する「出前文学塾」で、自分がK・Iと知り合い、男女の関係になったのだと書く。そして最後に、ただ一度だけ聴いたK・Iの講義は、女流作家の小説の変遷についてだったと、その中で「ふらここ」が取り上げられていたことを今思い出しました、と結ぶ。

私の父も、文学伝習所という文学塾を主宰していた。だからK・Iはほとんど父に重なる。「妻の告白」のほうは、父ではなく、父と知り合う以前に寂聴さんと恋愛関係にあった、小田仁二郎《おだじんじろう》氏の面影のほうが濃い。

物語のどの部分が事実だとかそうではないのかということは、どうでもいいのだ。小説として書かれた以上、事実が忍ばせてあったとしてもフィクションと呼ぶべきだろう。ただ私は、このふたつの掌編に、私の父や母を感じるし、父を愛した寂聴さん、のちに母と親交を結ぶようになった寂聴さんを感じる。

ほかの掌編より、さらに感じる、と言ったほうがいいのかもしれない。小説には、書いたひとの人生が流れ込む。それもまた小説の宿命で、小説家である私自身も身をもって感じていることだ。自分の身に起きたこと、自分の心の中のことを書かなくても、書かないようにしよう、と思っていてすら、小説の中にどうしようもなくあらわれてしまうものがある。

だから私はこの掌編集に、寂聴さんの人生を感じる。誰かを愛するということへのスタンス、あるいは人生そのものへのスタンスも。寂聴さんはたくさんの恋をしてきた。その中のひとりが、私の父だった。そのことを疎ましく思う気持ちが、ほんとうに私にはまったくなくて、それは小説家を父に持ったことや、母のおかげかもしれないのだが、もうひとつ理由があるとすれば、そのような寂聴さんのスタンスに深く共感するせいだ。

人生へのスタンスといえば、「誤解」「ふるさと」では東日本大震災が遠景として描かれており、「さよならの秋」は、SEALDs（シールズ）の一員としてデモに参加するようになった若い娘が、彼女なりの言葉で、現政権への違和感を口にする。かつて湾岸戦争のときに断食という方法で抗議し、その後もこの世界に対する自身の正義を臆せずに表明してきた寂聴さんならではの三編と言えるだろう。

私の母は五年前に亡くなった。すい臓癌を宣告されてから一年余り、私の家で過ごしていたのだが、ちょうどその期間、寂聴さんは本書の掌編を、文芸誌に発表していた。そのとき、ある月に掲載された一編を読んだ母が、寂聴さんに感想を書き送っていたことを私が知ったのは、母の死後だ。父とのことを話してくれる合間に、教えてくださったのだが、どの掌編についてかは明言されなかった。母も私にはなにも言わなかった。こっそり葉書を書いて、自分の足でポストに投函しに行ったのだろう。

私はそのエピソードを『あちらにいる鬼』にも使った。各掌編の、雑誌への掲載時期などから、母が感想を書いたのは「サーカス」ではないか、と推理して、そのように書いたのだが、実際のところはわからないままだ。どの掌編だろう。母はどんな感想を書いたのだろう。どうして、書かずにはいられなかったのだろう。「とても褒めてくれたのよ」と寂聴さんは嬉しそうに教えてくださったのだけれど、その葉書を「見せてあげましょうか」とは決して仰らない。そのことも含めて、私はやっぱり、小説と、小説を書くという行為と、人生との関係を考えずにはいられない。

（いのうえ・あれの　小説家）

本書は、二〇一六年五月、集英社より刊行されました。

初出
「サンパ・ギータ」～「誤解」
「すばる」二〇一三年一月号～二〇一四年七月号
（「スーツ」は「わかれ」より改題、「その朝」は「ノラの出奔」より改題）
「どりーむ・きゃっちゃー」～「ベルリン純愛死」
「すばる」二〇一五年五月号～二〇一六年三月号

集英社文庫　目録（日本文学）

集英社文庫

求《きゅう》　愛《あい》

2019年9月25日　第1刷　　定価はカバーに表示してあります。

著　者　瀬戸内寂聴《せとうちじゃくちょう》

発行者　徳永　真

発行所　株式会社　集英社
東京都千代田区一ツ橋2-5-10　〒101-8050
電話　【編集部】03-3230-6095
【読者係】03-3230-6080
【販売部】03-3230-6393（書店専用）

印　刷　大日本印刷株式会社

製　本　大日本印刷株式会社

フォーマットデザイン　アリヤマデザインストア　　マークデザイン　居山浩二

ISBN978-4-08-744019-5 C0193